애플 타르트를
구워 갈까 해

애플 타르트를
구워 갈까 해

박지원
지음

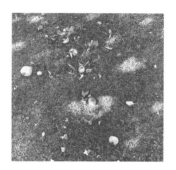

몽스북
mons

음식은 사랑이다

생각해 보면 그 시절엔 사람들과 식사를 하며 시끌벅적한 대화를 나누던 순간에도 갑자기 숨쉬기가 어려워지곤 했다. 아이들 아빠와 별거 후 자주 느끼는 기분이었다.

그날도 마찬가지였다. 식사 중 가슴이 답답해져 부엌 한편에 붙어 있는 뒷마당으로 빠져나왔다. 집 안에서는 여전히 올리브 오일과 수제 파스타 따위에 대해 진지하게 의견이 오가고 있었다. 아이들이 다니는 유아원은 하이델베르크에서 유일하게 영어로 교육하는 곳이었는데 그곳에서 뭉친 외국인 가족들(독일인이 아닌 가족 또는 독일인과 결혼한 외국인 가족)이 곧 이혼을 앞둔, 검은 눈동자 한국 여자의 새로운 출발을 응원하기 위해 모인 자리였다.

음식이라는 관심사로 모인 그룹이다 보니 국적만큼이나 레시피도 다양하다. 외국인을 초대할 때면 내가 자주 내놓는 흰 살 생선전과 감자전, 채소전에서부터 오븐에 쪄낸 리사의 오향장육, 캐터린의 수제 파스타와 피자, 세레나의 스페인식 디저트…. 독일이라는 다소 냉정한 타지에서 만나 공통 언어인 '음식'과 근처 와인하임에서 나오는 리슬링 화이트 와인으로 모두들 향수병을 달랜다. 서로 낯설어 눈인사나 나누던 이들과 이처럼 친해진 계기도 내가 집으로 식사 초대를 한 후부터다.

내가 자주 하는 "세상에 음식보다 더 좋은 대사ambassador는 없다."는 말도 이런 산 경험에서 나온 말이다. 혈혈단신으로 세계 곳곳 어디를 가도 부엌만 있고 테이블만 펼치면 마술처럼 친구도 식구도 만들 수 있다. 그냥 만드는 정도가 아니라 '밥정' 가득한 '찐 친구', '찐 식구'가 되기도 한다.

다정하고 흐뭇한 시간의 온기가 차오를수록 다가올 이혼의 씁쓸함과 혼란스러움이 더해 갔다. 모두가 나보다 안정되고 행복해 보였다. 아무리 긍정적으로 생각을 해도 이제 갓 여섯 살, 네 살짜리 아이들을 두고 가정법 변호사 사무실을 드나드는 내 형편과 그들의 밝은 모습은 천지 사이에 있는 것 같았다.

뜰에 우두커니 서 하늘을 보니, 검은 하늘이 마치 내 앞날처럼 깜깜하게 느껴졌다. 차가운 유럽의 겨울 공기. 별은 푸르고 달은 유난히도 밝았다. 훤한 달빛 아래 파란 칠로 덮인 테이블이 기다란 상판을 바닥에 댄 채 쓰러져 있었다. 내팽개쳐진 테이블의 모습이 꼭 내 모습 같아 쓸쓸한 웃음이 나왔다.

'테이블'은 언제나 내 인생의 중요한 주제였다. 서울과 뉴욕에서의 화려한 커리어를 모두 접고 사랑을 따라 유럽에 온 이후로 내 삶의 시간과 공간은 음식의 색채로 채워졌다. 양손에는 에르메스 버킨백 대신 시장바구니를 들었고, 내가 만들 무대는 부엌의 테이블 위였다. 그 테이블에 둘러앉아 웃고 울고 떠들며 먹고 마시던 얼굴들. 그 얼굴들이 등장하고 사라지는 장면이 연속적으로 재생된다. 사람들은 먹을 때 가장 진솔해지며 편안해진다. 절대로 무너지지 않을 것 같던 자기방어의 철벽이 무너지며 맛있는 한 끼에 모든 것을 맡긴다. 그래서 그 시간의 주변으로 끌어온 기억들이야말로 가장 순수한 기억이며 경험이다.

엔딩의 시간이 다가오자 상상 속에서 나는 괴력을 내어 쓰러진 테

울퉁불퉁한 돌산을 넘어온 그녀. 세찬 빗줄기를 피해 가지 못했고 질퍽한 진흙길을 돌아 가지도 못했다. 그 자리에 서서 온몸으로 바람을 맞았고, 힘에 겨워 속수무책 넘어지기도 했다. 잃은 것이 더 많아 보였던 그녀는 더 이상 잃을 것이 없어질 즈음, 마지막 남은 강력한 무기 하나를 꺼내 들었다. 자신이었다. 자신과 동맹을 맺기로 했다. 자신과 친구가 되기로 했다. 자신을 지탱해 준 '본능적인 감각들'에 손을 내밀기로 했다. 그리고 그녀는 '음식'이라는 믿음직한 도구를 찾아냈다.

그녀는 음식으로 일기를 쓴다. 금세 과거로 떠나버릴 찰나를 테이블 위에 살포시 펼쳐놓는다. 하루하루의 흔적들을, 순간순간의 감정들을 크고 작은 접시에 담아 자신의 보물 창고로 만들어버린다. 젊은 날에 그림을 그리고 옷을 만들던 그녀가 발견한 자신의 또 다른 거울. 음식은 어느새 든든한 길잡이이자 말동무가 되었다.

그녀의 음식은 이야기다. 하루하루가 다르듯 그녀의 음식은 매번 지루하지 않은 자신만의 이야기를 만들어낸다. 때로는 사랑으로, 때로는 아이들과 가족의 이름으로, 또 때로는 자신의 즐겁고 아프기도 한 일상의 한 조각을 수백 가지의 재료 속에 담는다. 그렇게 식탁 앞에서 그녀는 사랑을 하고 행복을 꿈꾼다.

그녀의 음식에는 정해진 원칙이 없다. 매번 똑같은 레시피도 없다. 현란한 기교나 화려한 꾸밈새도 없다. 대신 그때그때마다 본능적인 감성이 자리한다. 맛있게 먹어줄 사람에 대한 애정이 쏟아진다. 흔한 재료들로 세상에서 하나뿐인 요리법을 마술처럼 창조한다. 소박하지만 맛깔스럽고, 단순하지만 특별한 음식을.
— 김영주 (여행 작가, 전 〈마리끌레르〉 편집장)

때때로 우리는 삶이 시시한 순간들의 연속이라 여기곤 한다. 섬세한 문장들로 일구어낸 이 책은 삶이 실은 반짝이는 시간들로 채워진 소중한 존재임을 다시금 일깨운다. 모든 순간이 절망스럽거나, 서운하거나, 외롭거나, 슬플 때조차도 나름의 의미가 있음을. 그리고 언제나 선물 같은 깊은 성찰로 귀결됨을 보여주고 있다. 책을 읽으며 삶에서 아무렇지도 않은 것들이 새삼 아름다워지고, 기쁘지 않은 순간들도 결국은 더욱 근사한 행복으로 이어지는 감사한 이정표가 되어준다는 것을 깨닫게 될 것이다.

— 지은경(매거진 〈Chaeg〉 편집장)

주방에서 식탁까지의 공간은 우리의 삶에서 참으로 소중하다. 식생활에 대한 원초적 본능을 충족하기 위해서는 음식을 만드는 정교한 행위가 전제되어야 하는데, 박지원은 한국과 유럽을 오가며 패션 디자이너로서, 엄마로서, 아내로서, 또한 여자로서 참으로 많은 경험을 패션 브랜드는 물론이고 라이프스타일을 통해 구현해 왔다. 그렇게 음식을 만들고 식탁을 차렸던 자신의 체험을 이 책에 기록했다. 씨식초를 제조하기 위한 비법부터 채식의 경험담은 물론, 조리대 위에서 음식의 재료인 동식물을 대하는 정서적이고도 과학적인 신념까지 자상하게 담아낸 책이다.

— 박용만(〈그늘까지도 인생이니까〉 저자)

⚜

∫

루카 맘

∞

◈

서울, 암스테르담, 하이델베르크
그리고 파리

첫 이혼 후 오랜 시간이 지나 나이 사십에 루카 루Luca Lou라는 이탤리언 이름을 가진 늦둥이 아들을 얻게 되었다.

아이가 태어나기 전 나는 한국과 미국 뉴욕에서 어머니인 디자이너 김행자와 론칭한 패션 브랜드 애티튜드와 내 이름 석 자로 레이블을 만든 Jiwon Park이란 브랜드의 디자이너로 활동 중이었다. 음식과 손님 초대를 좋아해서 어느 날 불쑥 '파크PARK'라는 이름의 아시안 퓨전 레스토랑을 오픈해 서울 청담동 일대 맛집으로 소문이 나기도 했고, 영국 디자인 잡지 〈Wall Paper City Guide〉 서울 편에 서울 10대 베스트 레스토랑으로 선정되기도 했다. 당시는 미슐랭 가

이드가 없던 시대이나 장안의 유명 연예인, 디자이너, 아티스트, 식도락가들 사이에서 맛있고 분위기 좋은 집으로 평이 났었다. 지금도 많은 이들이 그리운 레스토랑으로 기억을 해줄 정도로 나에게는 물론이고 단골들에게도 잊지 못할 추억이 많이 깃든 곳이다.

그곳에서 일어난 수많은 에피소드 중에서도 가장 으뜸은 아이들 아빠를 만난 일이다. 레스토랑에서 열린 '서울 외국인 파티'에서 그야말로 운명적인 만남이 이루어졌다. 그는 독일로 이민을 간 이탈리아인 아버지와 네덜란드인 어머니 사이에 태어나 독일에서 자라고 교육을 받은 축구인이었다. 모 프로 축구단의 수석 코치로 발령을 받아 한국에 오게 된 그와 교제를 하다 아이를 갖게 되었고 결국 결혼을 하게 되었다. 결혼과 함께 나의 정체성은 디자이너, 레스토랑 오너 '박지원'에서 '루카 맘'으로 철저하게 바뀌었다.

모든 경력과 일을 뒤로한 채 유럽으로 이주를 해 아이들 육아와 가정생활에 전념하는 생활인이 되었다. 가정의 주부로서, 엄마로서 육아도 청소도 밥도 혼자 해내며 그토록 극단적인 삶의 변화에 적응해 가던 시간들…. 그 속에서 나름대로 느껴온 순간순간의 행복과 배움을 생각나는 대로 기록해 갔다.

이 글에 등장하는 도시는 아이들과 함께 옮긴 거주지들이다. 언젠가 한 번 여행을 갔다 인상적인 기억으로 남아 꼭 한번 살아보고 싶었던 네덜란드 암스테르담을 첫 정착지로 시작해서 이후 독일 하이델베르크로 이어진다. 막내 지안 로Gian Lo가 암스테르담에서 태어난 후 아이들 아빠의 경력을 위해 독일로 이주했고 아이들은 이곳에서 유년기를 보냈다. 이후 아이들 아빠와는 오랜 갈등 끝에 이혼을 하게 된다.

이혼 후에 나는 여러 가지 정황으로 인해 프랑스 파리로 홀로 이주해야 했다. 그때부터 아이들을 보러 매달 기차를 타고 먼 길을 오갔다. 아이들에 대한 그리움과 엄마의 손맛으로 만든 먹거리들, 순간순간의 심상을 기록으로 남겼다.

3개의 대륙을 옮겨 살며 다른 이들보다 더 다양하게 사람과 문화, 사회적 경험을 한 후 결국 깨달은 것은 아이들에게는 두 부모 아래 화목한 집에서 웃고 잘 먹고 건강하게 자라나는 것 이상의 좋은 환경은 없다는 것이다.

인간적 미흡함으로 아이들에게 아픔을 안겨준 미안한 엄마는 아이들을 만날 때마다 정성과 사랑을 듬뿍 담아서 해 먹이는 음식으로 모성을 달래곤 했다. 온기 가득한 음식들이지만 아이들을 위해 차리는 식탁이 늘 끈끈하고 애달픈 이유다.

⚜
∫

Food is love

어제 저녁 준비를 하며 아이들과 화상 통화를 했다.

하루가 다르게 부쩍 꼬마 티를 벗어나고 있는 모습을 보며 이유 모를 조바심이 나기도 하고 썰물 같은 안도감을 느끼기도 한다.

"Where are you mama?(엄마 어디예요?)"

"Are you in the kitchen?(부엌에 있어요?)"

안드로메다 행성 저 멀리서 보내는 메시지처럼 그렇게 안타깝게 막내가 묻는다.

내가 그렇다고 대답을 하자 무엇을 준비하느냐고 또 물어 온다.

항상 호기심이 가득 찬 막내, 동그란 눈이 금세 더 동그래진다.

그 눈은 마치 학교에서 돌아와 허기에 찬 배를 움켜쥐며 바로 곁에서 조리대 위를 탐색하는 듯했다.

가슴에 싸한 아픔이 느껴진다.

닭볶음탕Spicy Korean chicken stew을 하고 있다고 하자 기어이 보여 달라고 해서 카메라에 김이 서리도록 비추어 주었다.

지금 너희에게로 달려갈 수만 있다면, 그럴 수만 있다면, 당장 달려갈 거리라면 달려가 먹고 싶다고 하는 걸 밤을 새워 다 해주련만.

이번엔 목이 메어 온다.

문득 언젠가부터 궁금했던 질문이 떠올라 물어본다.

"When do you think about mama, what is the first thing come up in your mind?(엄마를 생각할 때면 제일 먼저 생각나는 게 뭐야?)"

두 녀석 모두 잠시의 망설임도 없이 합창하듯 답한다.

"Your food!(엄마가 해 주는 밥이요!)"

맛있는 음식을 할 때, 혹은 맛있는 음식을 먹을 때 떠오르는 얼굴.

그 얼굴이 당신이 사랑하는 사람이다.

눈물 젖은 빵

마흔 살이 되어 늦둥이 둘째 루카 루를 낳았다. 임신을 하고 낳는 순간까지 그 자체에 대한 기쁨과 흥분으로 이후 삶에 대해 그다지 고민을 했던 기억이 없다. 그때나 지금이나 내 마음이 가는 대로, 현재에 충실하자는 것이 철 안 든 나의 생활 철학이다.

아이들 아빠는 이탈리아 국적을 가졌으나 독일에서 자라고 교육을 받은 프로페셔널 축구 코치가 직업인 사람이다. 프로 축구팀 수석 코치로 왔다가 계약 만료가 되어 다시 유럽으로 돌아가야 했고, 나는 우선 유럽에 가서 맞이하게 될 환경을 보고 이주를 결정하겠다는 결심을 내렸다.

4월 중순경에 아기가 태어났고 그해 겨울 크리스마스가 다가올 즈음 우리는 독일로 향했다. 만하임Mannheim은 프랑크푸르트에서 1시간 정도 걸리는 중소 상업 도시로 첫인상이 그다지 매력적이지 않았다. 세계 대전 때 폭격으로 과거를 상실한 도시를 황급히 복구하다 보니 실용만 강조해 현대적으로 세운 도시라 더욱 그랬다.

아름다운 것을 보고, 만드는 것을 천직으로 알던 여자, 분위기 있는 인테리어와 조명 아래서 와인을 즐기던 여자가 기대한 유럽의 낭만은 애초에 그곳에 없었다.

시부모님은 평생 운영하던 레스토랑을 접고 이탈리아로 은퇴를 하셨기에 우리 부부와 아이는 아이들 아빠의 큰아버지 댁에 머물기로 했다. 슬하에 자식이 없는 두 어른은 아이 아빠를 자식처럼 여기신다고 해서 그나마 마음이 좀 안심이 되었다.

아파트가 있는 건물은 집이라기보다 사무실에 가까운, 드라이한 분위기의 주상 복합 건물이었다. 아침에 아이 우유를 준비하러 부엌에 가니 두 어른이 간이 테이블에서 아침 식사를 하시는 중이었다. 밤 12시가 넘어 레스토랑을 닫고 오신 두 분은 또 아침 일찍 식당 오픈을 위해 출근을 준비하고 계셨다. 그렇게 어른들과의 첫 상면이 이루어졌다. 말수가 적고 덤덤한 얼굴 표정과는 달리 따스한 성품을 가진 분들이었다. 큰어머니 크리스틴은 덴마크 사람이었다.

"아! 안녕? 잘 잤어요? 우린 지금 아침 식사 중인데 함께 먹을래요? 커피와 빵 그리고 버터나 치즈가 있어요."

그분들이 권하는 커피와 빵이 올려져 있는 자그마한 테이블 위로 눈이 갔다. 합판에 비닐이 덮인 1960년대식의 간이 테이블 위에는 미국식 드롭형 커피 머신에서 내린 커피, 독일인이 즐겨 먹는 건과류와 잡곡을 섞어 단단하게 만든 흑빵이 잘린 채 다소곳이 포개져 있었다. 그녀가 버터와 잘린 고다 치즈를 함께 내 쪽으로 밀어준다. 냉장고에서 바로 나온 차디찬 빵 치즈를 바라보는 것만으로도 얼음장 같은 바닥에 두 발이 달라붙는 것만 같다.

"네, 아기 아빠와 같이 먹을게요. 우선 커피만 한 잔 마시고요."

커피 잔에 커피를 따랐다. 그나마 따뜻한 커피의 온기가 내게 하나의 깨달음을 던진다. '아! 그러니까 이제부터 나의 아침상은 이런 것이구나!'

딱딱하게 굳은 빵보다, 서러움과 막연한 두려움으로 더더욱 삼키기 힘든 것은 다름 아닌 루카 엄마의 '미래'였다. 새로운 땅에서의 새로운 미래는 그렇게 매우 간단하고 정직하게 시작되었다.

암스테르담의 집들, 창 너머의 풍경

독일에 정착을 하기 위해서 우리 세 식구는 둥지 틀 집을 찾아다녔다. 아이 아빠가 다닐 학교가 가까운 만하임에서 반경 차로 한 시간 정도 부근을 중심으로 살 만한 도시를 물색하기 시작했다. 한 살도 안 된 아이를 데리고 우리 부부는 프랑크푸르트, 뒤셀도르프, 쾰른 같은 도시를 돌며 아파트를 찾아 집시처럼 떠돌았다. 우리나라처럼 불쑥 부동산 중개소에 전화를 걸거나 찾아가 바로 키를 든 중개사를 따라나서거나 전화 몇 통으로 예약을 받아 갈 수 있는 것이 아니었다. 적어도 일주일에서 길게는 2주가 걸리는 예약일을 기다리는 것도 기다림에 익숙지 않은 나에게는 영원처럼 지루한 시간이었다.

젖병을 빠는 아이를 데리고 호텔에 머물며 줄곧 밖에서 음식을 사먹으며 2개월 이상 이 도시 저 도시를 돌았다. 이 집 저 집을 심증만 있고 정보는 부족한 범인 잡듯이 쫓던 우리는 결국 지칠 대로 지치고 말았다. 둘 사이의 긴장감은 팽팽할 대로 팽팽해져 그야말로 하루하루가 불안하고 초조하기 이를 데 없고 피곤한 나날이었다.

급기야 아이를 데리고 한국으로 돌아가겠다는 말이 내 입에서 나올까 두려웠던지 어느 날 그가 집을 찾는 일은 유보하고 암스테르담으로 여행을 떠나자는 제의를 했다. 그 말을 듣자 우리가 처음 만났던 날, 그가 수줍게 입가의 근육을 떨며 한 말이 떠올랐다.

"암스테르담을 가본 적이 있어요? 난 언젠가 사랑하는 여자를 만나면 함께 암스테르담에서 살고 싶다는 생각을 항상 해왔어요." 입에 발린 소리가 아닌 것을 느낄 수 있었다.

사랑하는 여자와도, 사랑도, 세상 그 어느 곳보다도 다름 아닌 암스테르담이라는 것도 모두 진심이었음을 첫날부터 난 믿을 수 있었다.

암스테르담은 그의 네덜란드인 엄마가 태어나 자란 '노드윅Nord Wick'이라는 바닷가 마을에서 한 시간 반 정도 떨어진 곳이다. 그래서 그는 그 도시에 대한 애정이 각별했던 듯싶다. 우리는 이 일에서 모처럼 이견이 없었다. 바로 차를 몰아 자유롭고 개방적인 그 도시로 향했다.

암스테르담에 도착하니 이미 날이 어둑해지기 시작했다.

우리는 유아차를 밀며 호텔 근처를 배회했다. 암스테르담은 자전거로 세 시간이면 한 바퀴를 돌 정도로 작은 도시다. 도시 중앙은 악명 높은 홍등가나 마리화나 카페들이 관광객을 상대로 너저분하게 늘어서 있었고 사방으로 운하가 뻗어 있다. 어느 도시나 마찬가지로 암스테르담도 관광객 대상의 상업 지역은 매력이 떨어진다. 여기도 아닌가 하는 생각에 불안해하며 하루하루를 보내고 있던 어느 날, 그가 좋은 지역에 아파트 하나가 나왔는데 운 좋게 예약을 했으니 보러 가자고 해 요르단 지역이란 곳을 찾아갔다.

그곳은 뉴욕으로 치면 소호나 이스트 빌리지, 파리로 치면 마레 지역과 같이 예술가가 많이 모인 지역이라고 한다. 마침 그 집은 드물게 엘리베이터가 있고 꼭대기 층에 사방으로 발코니가 크게 나 요르단 교회 종소리가 울리는 소리에 석양을 즐길 수 있는 멋진 위치에 있었다. 떼를 부려서라도 그 집에 기어이 들어가겠다고 다짐을 하며 미래의 나의 유럽에서의 첫 보금자리 집을 나왔다. 그도 집이 맘에 들어 고민이 되는 눈치였다. 무엇인가 신경을 쓸 때면 짓는, 그렇지 않아도 웃지 않는 표정에 잔뜩 미간을 찌푸린 채로 동네를 배회

했다. 내가 생각지 못한 문제가 잔뜩 남아 있었다. 우선은 임대료가 우리의 예산보다 훨씬 비싸고 그의 학교가 있는 독일까지 서울-부산 간 거리였다. 그러니 거기에 둥지를 틀면 그가 매주 한 번씩 서울-부산 거리를 왕복해야 한다.

서울에서 살던 내 삶의 스타일을 알고 있던 남편은 주말부부가 되더라도 아예 한국으로 도망 갈 것 같은 여자를 잡고 보는 것이 상책이라는 판단을 했던 것 같다. 우린 결국 그 집으로 이사를 했다.

이사를 하자 곧 그의 수업도 시작되었다. 그렇게 주중에는 난 아이와 함께 덩그러니 아파트에 남아 그가 돌아올 주말까지 외롭게 객지 생활을 시작해야 했다.

아이와 홀로 아파트에서 힘들고 지루한 시간을 보내기가 싫어 아침이 되면 아침 식사나 이른 점심을 바삐 먹은 뒤 유아차에 대여섯 시간 밖에서 보낼 준비물을 챙겨 하루 종일 도시 곳곳을 구경 다녔다. 아이도 나를 닮아 그런지 집에서 있을 때보다 덜 칭얼대며 눈이 동그래져 구경을 즐기곤 했다. 걷다가 지치면 놀이터에서 쉬며 아이를 놀리고, 샌드위치나 싸 온 도시락을 먹고 아이에게 이유식을 먹이기도 했다. 준비해 온 기저귀도 서너 번은 족히 갈아야 했다. 그렇게 밖으로 돌기가 지칠 무렵 놀이터의 아이들도, 길거리에서 햇볕을 즐기며 와인이나 맥주를 즐기던 행인들도 하나둘 사라지기 시작하면 나도 아이와 함께 집으로 향했다. 그렇게 길 위를 떠도는 게 어느새 나의 일상이 되었다.

암스테르담에는 정말 신기한 것이 하나 있었다. 아파트 지층의 대부분 집들에 커튼이나 가리개가 없는 것이 특징이었다. 특히 저녁 어둑한 거리에 비해 환하게 불이 밝혀진 실내 안은 상점의 쇼윈도처럼 투명하게 들여다보였다. 한두 집이 아니라 거의 모든 집이 집 안 속사정을 다 드러내고 행인들이 보든 말든 아랑곳하지 않고 저녁 준비를 하곤 했다. 어느 날 아이 아빠에게 묻자 그가 설명을 해주었다. 교역을 위해 세워진 도시인 암스테르담 초창기에는 외국인의 적극적인 투자 유치를 위해 자국민의 부동산 소유를 어느 선 이상 금했다고 한다. 정부의 뜻과는 다르게 날이 갈수록 자국민의 부동산 소유가 늘어나자 법규를 완화하는 조건으로 지층을 소유한 자들은 창문을 개방해서 이방인들에게 환영의 예의를 표하라는 매우 특이하고 재미난 규정을 만들었던 것이다. 그 이후 이 규정은 풍속으로 자리 잡아 암스테르담인들은 자기 집 창문에 커튼을 달지 않는다고 한다. 때로는 어찌나 속이 다 보이는지 이쪽 창문에서 저쪽 창문까지 통과해 그다음 골목 집이 보일 때도 있다.

아닌 게 아니라 따뜻한 불이 밝혀진 창 너머의 풍경은 나 같은 이 방인에게 적지 않은 위안이 되었다. 어둑어둑한 하늘을 등에 지고 말도 안 통하는 어린 아기를 벗 삼아 낯선 타국에서 외로운 저녁 시간을 보내려 빈집으로 들어가는 길. 환하게 밝혀진 집 안에 둘러앉아 보기에도 정겨운 저녁 시간을 보내고 있는 그들을 훔쳐보고 있노라면 마치 내가 성냥팔이 소녀라도 된 기분이었다. 그러나 일상의 테이블을 마주한 단란한 모습은 내겐 뜻도 모를 희망이고 환희였다. 언젠가 내게도 저렇게 내 집, 내 식구 그리고 그것이 온전히 내 삶이 되어 저처럼 환한 웃음이 번지는 공간 속에 앉을 수 있기를 그리며 말이다.

∫

기대가 망친 초라한 테이블

애들 아빠와 처음 만난 날, 그가 이탈리아인이 아닌 독일인이라고 했다면 우리의 두 번째 만남이 이루어졌을까? 지금도 그 점이 가끔 궁금하다.

내가 이탈리아에 대해 갖는 환상은 막연한 것만은 아니었다. 디자이너 시절에 유럽 출장 중 파리의 프레미에르 비종Premiere Vision과 함께 내가 꼭 들렀던 박람회는 이탈리아 코모 호숫가에서 열렸다. 파리의 박람회보다 비교할 수 없이 작은 규모였으나 고급스럽기도 했고 전통 방식의 직조나 수공 레이스, 자수 등이 다양해 내가 제일 좋아하는 박람회였다. 구경거리는 물건만이 아니었다. 물건이 고급이다 보니 사고팔려고 모여드는 이들도 TV나 패션 잡지에서 방금 걸어 나온 듯 멋진 외모에 패션 센스까지 근사했다. 사실 박람회에서 선보이는 옷감이나 트렌드보다 난 그들의 모습에서 더 많은 영감을 얻곤 했다.

전시는 코모 호숫가에 있는, 예전 어느 귀족의 별장이었다는 성에서 진행되었다. 한국인 저리 가라 할 정도로 '금강산도 식후경'을 실천하는 민족이 바로 이탈리아 사람들이다. 점심시간이 되면 초대장을 받은 고정 바이어들은 별관에 마련된 무상의 뷔페식 점심과 스파클링 와인을 마음대로 먹고 마실 수 있었다. 무상임에도 불구하고 프리모(전채), 세컨도, 주식까지 다양한 메뉴와 먹음직스러운 상차림은 출장으로 피곤한 바이어는 물론이고 참여 회사의 세일즈맨들과 행사 관계자, 의류 산업 관계자, 프레스들 할 것 없이 모두에게 그야말로 선물같이 흥겹고 고마운 한 판의 잔치였다. 그럼에도 불구하고 그 박람회는 적자를 면치 못해 중단되었는데, 내가 생각하기에는 아무래도 그 뻑적지근한 점심이 주원인이 아니었나 싶다. 아닌 게 아니라 그렇게 풍성하게 먹고 마시고 즐기고 나면 식곤증에 집중력이 떨어져 바잉을 하는 둥 마는 둥 하기 일쑤였다. 본래의 목적보다 먹고 마시는 일에 열중을 하니 그 파장이 무관치 않다고 할 수는 없을 것이다. 패션만큼이나 음식을 포기할 수 없는 사람들이다 보니 하나를 그만두느니 둘 다 포기한 경우가 아닌가 싶다.

이렇게 내게는 이탈리아 하면 다른 건 몰라도 배부르게 먹고 즐겁게 몇 시간이고 이어지는 테이블의 한 장면이 상징적으로 연상된다. 그 당시 유난히 더 먹거리에 열중해 있던 나에게 이탤리언 남자라니! 최고의 합이라 여겨졌다. 더욱이 그는 부모가 독일 만하임에 이민을 와 평생 레스토랑을 해온 집안의 아들이었다. 이런 인연을 두고 천생연분이라고 하지 않겠는가? 직업은 패션 디자이너지만 음식이 좋아 한국에서 레스토랑을 하는 여자와 한평생 레스토랑을 운영한 집안의 이탤리언 남자라니!

'여하튼 이 남자와 살면 평생 먹거리 걱정은 하지 않겠어!'

그러나 나는 곧 이 기대와는 다른 최후를 맞았다.

우선 이 남자는 먹는 것 자체를 즐기지 않았다. 잉여의 살이라곤 전혀 없는 몸을 유지하고자 기름지거나 열량이 높은 음식을 절제를 넘어 혐오했다. 나의 상식으로 보면 그의 식습관은 병적이었다. 식탁에서 맛만 보듯 새 모이처럼 먹고 와인도 딱 한 잔, 기분이 많이 나면 두 잔. 뭔가 내가 생각했던 이탈리아인이 아니다. 여행을 가면 아침 먹고 점심은 거르기가 일쑤다. 예상치 못한 그의 식습관에 적응

하지 못하고 괴로워할 즈음, 그와 함께 '가르다 호수Lago di Garda'지역에 있는 고향으로 낙향한 부모님을 찾았다. 그곳에는 그의 두 여동생 중 둘째 여동생이 이탤리언 셰프와 결혼해 가정을 이루고 부모님 댁 근처에서 살고 있었다. 여동생 실비아를 상면하고 그제야 그의 히스테리컬한 식성을 이해하게 되었다. 실비아는 이상 메타볼리즘으로 조금만 먹어도 살이 찌는 유전자를 타고나 이상 비만으로 평생 시달려왔다. 내가 처음 만났을 때 그녀는 위 절제 수술을 예약해 놓은 상태였다.

거기에 또 하나, 나의 기대를 벗어난 상황이 있었다. 다름 아닌 시부모님이 사시는 지역의 식문화였다. 밀라노 근처 북부의 이탤리언들은 우리가 상상하는 이탤리언들과 다르다. 가르다 호숫가 사람들의 점심과 저녁은 달랑 파스타와 빵, 샐러드 혹은 전식과 빵 정도로 매우 단출하다. 스위스인이나 독일인들처럼 시간 약속도 철저하며 부지런하고 일도 열심히 한다. 나중에 알고 보니 북부 이탤리언들은 남부인들을 기생충처럼 여긴다고 한다. 북부인들이 안 먹고 열심히 일해 벌어 낸 세금을 남부인들의 복지 비용으로 써서 국고가 빈다는 것이다.

어쨌든 유럽에 시집와 이탈리아까지 내려가 받은 밥상은 나의 기대와는 완전히 달랐다. 그러나 그날의 밥상은 그저 평범한 한 가족의 테이블이었을 뿐 실망할 이유가 없었다는 걸 유럽 생활 십오 년 끝에 깨달았다. 기대가 앞서면 실제 상황은 대부분 기대에 못 미치게 마련이다. 세상만사가 다 마찬가지 아닐까.

∮

∫

굿 모닝! 미스터 미스터리

유러피언의 아침은 갓 구운 빵을 사는 것으로 시작한다. 나 역시 가끔 아침 일찍 일어나 잠옷 위에 코트 하나 걸치고 스카프 두르고 뛰어가면 삼사 분 거리에 있는 빵집에서 갓 구운 빵을 사 와 아침을 차리곤 했다.

그러던 어느 날의 일이다. 암스테르담에서는 거의 모든 골목마다 볼 수 있는 아치형의 교각을 나는 급한 마음으로 뛰다시피 걷고 있었다. 도시는 아직도 잠이 덜 깬 채로 밤 동안 차게 내려앉은 안개로 자욱해 몇 미터 앞도 분간하기 흐릿할 정도였다.

"Isn't it beautiful?(아름답지 않소?)"

어디선가 투명하게 공기를 울리며 들려오는 그 목소리에 조금만 더 어두웠으면 유령인 줄 알고 식겁을 했을 것이다. 그처럼 예상치 못한 목소리가 다리 위 어디선가 들려왔고 난 더듬더듬 소리 나는 쪽을 탐색했다. 다리의 중심 불룩한 곳을 지나자 시야에 깔린 안개 속 저편에서 모자를 쓴 노년의 신사가 그 실루엣을 드러냈다.

이번에 그는 선명한 모습과 함께 뚜렷하게 들려오는 목소리로 다시 한번 말했다.

"Such a tranquility and peace in this kind of moment is always touching.(이렇게 고요하고 평온한 이런 순간은 언제나 감동적이지.)"

그는 나의 반대 방향 난간에 기댄 채 안개 속에서 점점 더 부상해오며 깨어나는 마지막 고요함을 응시하고 있었다.

마치 영원을 끌어 올리는 그런 마법 같은 순간이 분명히 그와 나 사이에 있었다. 난 그보다 멋진 어떤 형용사나 표현 한 줄도 못 찾고 멍하니 그가 보는 곳에 나란히 시선을 꽂은 채 "Yes, It is. It is beautiful(네, 그렇죠. 아름답네요)" 하고 종종걸음으로 다리를 건너왔다. 빵집에는 부지런한 네덜란드인들이 벌써 줄을 서 있었고 난 심호흡을, 아니 감각의 전율을 다스릴 수 있었다.

유럽에 와 산 지 반년이 다 돼가고 있었지만 난 여전히 지나온 습관을 버리지 못하고 있었다. 그것은 그 어느 곳에나 있으나 '현재에 있지 않은 것' 같은 행동이었다. 빵을 사러 가는 길에도 난 그 아침의 신비하고 특별한 아름다움을 감지하지 못할 만큼 그곳에 없었다. 식기 전에 얼른 빵을 가져다 남편에게 감동적인 아침을 차려 주겠다는 생각에 바빠 그 순간은 아무 중요하지 않은 순간이었다.

생각해 보니 어떻게 길들여졌는지 모르는 이 오랜 습관은 연속성을 띠고 있었다. 난 항상 가깝거나 먼 미래만을 위해 사는 듯했다. 그게 아니면 가깝고도 먼 과거의 회상과 후회 같은 그늘 아래서 떨거나 번민하고 있거나 둘 중 한 시간대에서 불안정하게 존재해 있다.

삶의 그 어느 순간도 지나간 과거나 다가올지 모를 미래보다 중요하지 않은 순간은 없다. 그래서 우리는 철저하게 현재에 존재해야 한다.

'All we have is NOW!(우리가 가진 것은 오직 현재뿐이다!)'

그러니 현재를 살아라. 예상치 못한 메시지에 골똘해 있는 동안 내 차례가 와 잡곡과 견과류가 가득한 무겁고 실한 빵 한 덩이를 사서 집으로 향했다.

오는 동안 잠시나마 고소한 빵 향기에 진심으로 젖어본다. 그 2유로 80센트짜리 빵 하나의 냄새로도 차고 넘치게 행복한 순간이었다.

다리 위에 돌아오니 안개도 신사도 온데간데없이 사라졌다. 분명히 날개 없는 천사라고 확신을 하며 신사가 응시하던 내천 쪽 풍경을 바라보았다. 걷힌 안개 속에 정박한 요트가 늘어서 있는 익숙한 풍경 속, 전에는 본 적 없는 두루미 한 마리가 요트 위에 서 있었다.

그날 그 아침 이후, 목적지로 달리던 내 마음은 종종 의식적으로 현재라는 순간에 멈추었다. 그러면서 이전에는 초대되지 않던 신기한 손님들이 내 삶에 자주 등장하기 시작했다. 이를테면 암스테르담 내천을 찾아 이집트에서부터 날아들어 온 두루미 같은 그런 존재들 말이다.

놀이터의 식구들

놀이터에 가기 위해 과일과 시리얼을 굳혀 만든 영양식, 간단하게 만든 샌드위치 따위를 챙겼다.

유럽에서 아이를 기르며 깨달은 것은 놀이터는 집을 구할 때 어린 아이가 있는 가족에게 매우 중요한 조건 중 하나라는 것이다. 영유아 시기에는 무조건 정신적·육체적으로 건강하게 자라도록 하는 것이 그들의 교육 문화였다. 거의 모든 아이가 날씨만 허락하면 놀이터로 와서 뛰어놀기에 바빴다.

아이들과 놀아주는 일에는 아빠들도 열성적이었다. 아이들처럼 티셔츠에 청바지, 맨발로 이리 뛰고 저리 뛰고 구르고 오르며 땀을

빼는 남자들을 보는 것은 영화 속의 브래드 피트를 남편 몰래 훔쳐보는 것보다 더 흥미로운 눈요기였다.

암스테르담만 해도 북유럽에 속하는 위치라 비바람이 치는 기나긴 겨울이 지나고 봄이 찾아와도 하루에도 몇 번씩 비와 해를 감싸버리는 보자기 같은 구름이 시도 때도 없이 일상의 리듬을 깨뜨린다. 그래서 햇빛이 좋은 날에는 너나없이 아이들을 데리고 가까운 공원으로 행운 같은 날씨를 즐기러 나서는 것이 그들만의 일상 법칙인 것이다.

네덜란드에서는 아이들의 생일 파티도 주로 공원에서 한다. 부담 없이 즐길 수 있는 먹거리들을 공원에 챙겨 와 어른들은 맥주를, 아이들은 어린이용 무알코올 샴페인을 터뜨리고 반나절을 즐겁게 보낸다. 나무에 데커레이션 용품으로 생일 장식을 하고 다양한 놀이를 함께 하기도 하며 와자지껄하게 놀다가 어지럽힌 병들과 쓰레기들을 깨끗이 정리하고 행사를 마무리한다.

내가 유난히 좋아하던 놀이터에는 닭과 토끼들이 살고 있었다.

꼬마 루카는 그 우리 앞 철망으로 된 그물 울타리에서 다리가 저린지도 모르고 쭈그리고 앉아 귀엽고 사랑스런 생명들을 관찰하길 좋아했다. 때로는 가져온 곡물이나 마른 빵, 당근, 근처에서 뜯은 풀들을 주며 동물 친구들의 환심을 사기도 한다. 그런 아이를 멀찌감치 바라보며 햇볕에 반쯤 감은 눈으로 꿈처럼 아름다운 순간들에 젖어 행복한 졸음에 빠지곤 했다.

이렇듯 암스테르담의 놀이터는 그냥 놀이터가 아니었다. 내 삶의 많은 부분을 채워주고 지탱시켜준 고마운 식구들이 모이는 아지트였다.

지금도 눈을 감으면 그 순간 그 놀이터에서의 단꿈 같은 추억이 선하다. 이런 기억은 아마도 나뿐만 아니라 나의 아이들에게도 그대로 존재해 있으리라.

∮

∫

엄마의 휴식

셋째 지안 로가 태어나기 한 달 전 즈음 일이다. 서울의 엄마에게서 전화가 왔다. 그때만 해도 무료 통화나 영상 통화가 없어 비싼 국제 전화로 통화하던 시절이었다.

"엄마가 한 2주 있다가 출발할게. 너 혼자 출산할 수 없잖아? 그런데 나 밥하고 청소 못 하니 도우미 아줌마 좀 구해 놔라. 비용 걱정은 말고."

사업가 우리 엄마다운 요청에 순간 머리가 띵해 왔다. 해외 출장 오시는 회장님이 지사장에게 지시하는 내용 같은, 간단하나 절대적인 명령이었다.

난 잠시 생각을 가다듬은 후 말을 꺼냈다.

"엄마, 여기서 도우미라고 해도 외국인인데 엄마 입맛에 맞추어 국에 밥, 반찬을 차릴 수도 없고 기껏해야 샌드위치나 파스타일 텐데, 차라리 그냥 오지 마세요. 내가 애 낳고 엄마 밥 걱정할 수도 없고요."

평생 남에게 지시만 하고 살아온 사장님 엄마는 성미도 그만큼 급하시다.

"아니, 넌 무슨 말을 그렇게 싸가지 없이 하니? 그렇다고 오지 말라니? 이 바쁜 어미가 어떻게 시간을 내서 가는지 몰라서 그래?"

전화가 철커덕 끊기고 난 멍한 상태로 그저 곧 다시 올 전화를 대비할 뿐이다.

예상대로 한 5분 후 다시 전화가 왔다.

"알았다. 내가 가서 어떻게 해봐야지. 갓난아이를 어떻게 혼자 봐. 몸조리도 해야 하고."

그렇게 엄마가 암스테르담에 도착했다.

처음 며칠간은 혼자서는 부엌 가스 불도 켜길 꺼려 하셨다. 차분히 하나둘 가르쳐 드리니 아침에 혼자 커피도 내려 마시고 청소기도 돌리고 하신다. 그렇게 며칠이 지나니 점차 살림에 익숙해지셨다.

예정일보다 늦어진 출산으로 출장을 떠난 남편 없이 씩씩하게 막내를 낳았다. 아직 회복이 안 되었다고 말리는 산후 도우미의 만류에도 이불을 걷어차고 일어나 갓난아이는 가슴에 안고 루카와 걸어 유치원 등교를 시작했다.

엄마가 오신 지 한 달이 되어가던 어느 날 일이다. 엄마가 유아차를 카트 삼아 장을 보러 갔는데 올 시간이 한참이 지나서야 돌아오셨다. 환하게 상기된 얼굴로 얘기를 하신다. 동네 골목 돌아서는 코너의 노란 차양이 있는 카페 길가 테이블에 앉아 사람 구경하며 화이트 와인을 한잔하고 왔다는 거다. 혼자는 문 밖도 무서워 못 나가던 분이 그날 이후 필요한 것이 없어도 카트를 몰고 장을 봐 돌아오시는 길에 노랑 차양 집 마실이 루틴이 되었다. 그렇게 엄마는 조금씩 느긋해지더니 나중에는 즐기는 경지에 도달하셨다. 아이가 5월 말에 태어났으니 암스테르담의 가장 아름다운 오뉴월의 정취를 만끽하고 계신 셈이었다.

계절이 바뀌듯 바뀌어가는 엄마의 아쉬운 일상이 한 일주일 남은 어느 날이었다. 하루도 매출 걱정, 회사 걱정이 떠나질 않던 엄마, 본인이 없으면 회사는 당장 문을 닫을 줄 알던 분이 3주를 계획하고 왔다가 하루하루 귀국을 미루며 얻으신 것은 참으로 엄청난 변화였다.

"지원아! 난 정말 네가 이해가 안 갔었다. 남들이 다 부러워하는 유명 디자이너 타이틀도, 청담동에서 제일 잘나가는 레스토랑도 던져 버리고 밥 짓고 빨래하며 아이랑 부대끼면서 타향에서 고생길을 택한 너를 말이다. 그런데 엄마가 여기 와 깨닫기 시작한 게 있어. 내가 인생에서 정말로 중요한 것은 모른 채 달려만 왔구나 하는 생각이 든다. 내가 없어도 회사는, 세상은 돌아가는데 나는 마치 내가 제일 중요한 톱니바퀴라도 된 양 내가 안 돌리면 모든 것이 멈출 듯이 한 번도 멈추지 않고 살아왔지 뭐니. 여기 와 지내보니 사람답게 사는 것이 뭔지 알겠어. 사는 데 중요한 것은 일도 돈도 명예도 아니라는 걸 말야. 이렇게 사랑하는 가족들과 하루하루를 마음 편안하게, 순간순간 소소한 즐거움을 느끼며 사는 것이 얼마나 행복하고 소중한 일인지 이제야 정말 깨닫고 가는구나. 푸른 하늘도 나무도 교회 종소리까지 보고 느끼고 들리는 그런 삶 말이야."

생각해 보니 내가 기억하는 한, 엄마는 평생 한 번도 그렇게 긴 휴가를 가져본 적이 없다. 그러니까 암스테르담에서의 그 두 달이 엄마에게는 평생 가장 긴 휴가였던 거다.

이 세상 어느 누구보다 그녀는 쉴 자격이 있었다. 아니, 이제부터는 자신만을 위해 살아도 모자란 시간이다. 남다르게 거친 운명을 헤쳐온 두 여자. 딸도 엄마도 아닌 두 여자가 석양이 내려앉은 암스테르담의 교회 종소리를 음미하며 와인 한 잔을 나눈다. 그 와인도 그 종소리도 새로운 모녀의 관계를 알리듯 그날따라 상냥하고 달콤했다.

ф
∫

키즈 밀

암스테르담 우리 집 아래층에 두 아들을 둔 학교 교사인 엄마가 티타임에 초대해 방문한 적이 있다. 검소한 북유럽인들은 티타임이라면 정말 차와 비스킷 몇 조각만 내어 놓는다. 그녀와 얘기 중에 작은 아들이 학교에서 돌아와 상냥히 인사를 했다. 그러고는 목이 마른지 냉장고에서 음료를 꺼내려는데 그녀가 나무라듯 언성을 높였다. 순간 분위기가 어색해진 것을 느낀 그녀가 설명을 해주었다.

"아들이 냉장고 문을 허락 없이 열어서요. 우리 집에서는 냉장고를 허락 없이 열 수 없거든요."

좋게 말하면 엄격한 것이겠으나 당시만 해도 아직은 한국적 사고에 익숙한 나로서는 '한창 자라는 아이들에게 먹을 것 가지고 너무 심하다'라는 생각에 꽤나 충격적이었다.

유럽 생활을 오래 하다 보니 그녀가 만든 규율이 단지 아이들이 자유롭게 음식에 접근하는 것을 통제하기 위한 일이 아니라는 걸 알게 되었다. 자녀들이 어느 정도 올바른 판단력을 형성하기까지 식사는 물론이고 중간 간식의 내용과 시간까지 계산이 된 습관을 형성해 가도록 지도하는 것, 그것은 분명히 부모의 몫이고 그 결과도 부모의 책임이라는 것. 어릴 적부터 좋은 음식과 그렇지 않은 음식을 구분할 줄 알고 스스로 제대로 된 먹을거리를 선택하도록 돕는 것, 그것이 학교 교육, 집안의 가훈 못지않게 중요하며 성장 과정에 꼭 필요한 '삶의 교육' 아닐까?

유럽에 온 후 나는 아이들과 외출 시 간식 바구니를 챙겼다. 바구니 안에는 껍질째 썬 사과, 포도, 방울토마토, 당근, 오이 등의 채소와 과일을 담은 지퍼 백, 물, 견과류, 삶은 달걀, 감자, 고구마 등이 들어 있다. 손에 바구니가 들리지 않은 내 모습은 아이들에게는 멀리서 봐도 '울 엄마'가 아니다. 내 손에 들린 바구니는 관절이 아프도록 빠르게 성장하며 운동량이 많아 시도 때도 없이 출출해하는 아이들이 대책 없이 잘못된 '아동 식문화'에 노출되는 걸 최대한 방지하기 위한 방법이다.

엄마가 준비한 간식 거리에 익숙한 아이들은 커가며 슈퍼에서 산 감자칩 같은 것에 한때 관심을 보이다가도 곧 다시 엄마의 손에서 잘린 당근과 사과를 더 선호하기 마련이다. 유년기의 입맛이 평생을 간다는 것을 아이들이 커가며 절실히 느끼게 된다. 십대 초반이 된 아이들에게 가끔 감자칩을 사 줄까 물으면 두 녀석 다 고개를 저으며 마다한다. 이유도 타당하다. 몸에 나쁘다, 살이 찐다, 여드름에 좋지 않다…. 권했던 내 손이 민망해 바구니에서 도로 꺼내어 선반에 올려놓는다.

평생 우리의 입맛을 좌지우지하며 선택의 버튼을 클릭하는 뇌의 기능이 어릴 적 엄마가 먹인 그대로 데이터로 각인된다! 실로 엄청난 일이다.

$$\maltese$$
$$\int$$

청어

오랜만에 혼자 보내는 저녁, 청어를 먹기로 했다. 난 등 푸른 생선은 무엇이든 다 좋아한다. 고등어, 꽁치, 멸치, 청어…. 그중 청어는 차가운 물에 살아서 지방이 많아 고소한 맛이 일품이다. 잔가시가 많아 그 모양을 따서 '헤링 본 체크herring bone check'라고 직물에 명명을 하기도 했다. 난 헤링herring이 청어인지도 모른 채 헤링본을 좋아해 헤링본 직조의 재킷을 두 개나 가지고 있다. 특히 청어는 네덜란드와 독일에서 많이 먹는데 네덜란드에서는 염장법을 발달시켜 냉장고가 없던 시절에 국고를 살찌게 했다고 한다.

샌드위치 안에 넣어 먹거나 양파와 레몬을 곁들여 생선 맛을 즐긴다. 부담스럽지 않게 어디서나 즐길 수 있으니 거의 국민 식품이라 할 수 있다. 청어는 가격도 감동적으로 착하다. 청어 한 마리가 1유로가 조금 넘거나 그 밑이다.

갑자기 따뜻해진 날씨에 청어에 초생강을 곁들여 은은한 로제 와인을 한잔하려니 옛날에 살던 암스테르담 근처 해안이 생각난다. 아이들 친할머니의 고향인 해안가 마을 '노드윅'. 여름이면 우리는 이 해변 도시를 자주 찾곤 했다. 할머니의 남동생이 해안가 비치 하우스에서 매니저를 하셨다. 덕분에 거의 공짜이다시피 한 회원비를 내면 일 년 내내 프렌치프라이, 핫도그 같은 스낵과 맥주를 거의 원가 가까운 가격에 먹고 마실 수 있었다.

동네 비치 보이들의 아지트인 그 비치 하우스는 내 눈엔 낭만 하우스였다. 늙으나 젊으나 패기 있고 늠름한 바다 사나이들이 구릿빛 피부에 브래드 피트 같은 금발을 흩날리며 서핑 보드나 낚시 도구, 요트를 손보는 장비들을 안고 들락날락하거나 바에 기대어 맥주를 마시곤 했다.

사나이 냄새가 바다 냄새와 동일하다는 헤밍웨이의 귀결에 한 표 던진다.

언젠간 비치 보이 중 한 명이 바다에서 잡아 온 고등어와 청어를

바로 손질해서 즉석으로 훈제를 해 동네 사람들한테 나누어 주는데 이방인인 나의 접시에도 아무 망설임 없이 풍성히 담아 준다. 흔히들 더치페이로 유명한 네덜란드인들을 구두쇠나 지독한 개인주의자들로 치부하는데 그렇지 않은 면도 많다. 난 오히려 '즐겁고 유쾌하며 인생을 즐길 줄 알지만 도에 지나치거나 주제넘은 친절보다는 합리적이며 적당한 나눔을 관계의 미덕으로 보는 사람들'이라고 생각한다.

지금 생각해 보니 암스테르담에서 태어난 막내 '지안 로'는 청어의 단백질로 형성된 몸을 가지고 태어난 것 같다. 그 정도로 막내를 임신했을 때 난 비릿하나 고소한 그 맛을 즐겼다.

지금 이 순간 눈을 감고 그려본다. 그 값싼 노을과 훈제 연기 그리고 섹시한 비치 보이즈들. 한 번쯤 그렇게 살아볼 만하지 않은가!

언젠가, 어느 날 장성한 두 아들과 함께 그 해변을 꼭 다시 찾아 바닷가에서 청어와 고등어를 나뭇가지에 꿰어 훈제를 해 맥주잔을 부딪치며 빛깔 고운 황혼을 마주하고 싶다. 말없이도 아이들은 알 것이다. 그 순간이 남다른 인생을 엮어간 우리들의 시작과 많이 닮아 있다는 것을. 무모하나 유쾌하며 매력적인 그런 인생 말이다.

∮

가장 슬픈 크리스마스

악몽 같은 여름이 끝나갈 무렵, 우리 부부는 별거를 시작했다. 내가 한국에 다녀온 그 여름 석 달 사이 그에게 새 로맨스가 시작됐다. 사실 그가 먼저 깨뜨린 결혼이지만, 만남의 시작과 동시에 일어난 불협화음은 아이를 둘이나 낳고도 조율이 안 되어 우리의 결별은 그야말로 시간문제였다. 내 입에서 먼저 이혼 이야기가 나오기도 하고, 이렇게 다투며 평생을 어떻게 함께하나 항상 근심과 불안 속에서 불행한 나날의 연속이었다.

그럼에도 불구하고 막상 상대방에게 다른 여자가 생기고 이혼이 불가항력의 일처럼 보이자 그 전의 불행감과는 또 다른 아픔과 고민이 밀려왔다. 그중 제일 큰 문제가 바로 아이들이었다. 그즈음의 유럽에서는 일방적 양육권이라고는 보장받을 수 없었다. 특히 경제적 능력이 없는 타지인일 경우에는 그 사실 하나로 양육권을 평등하게 영위하는 것조차 불가능했다.

변호사를 세 번씩 바꿔가며 아이들 양육권을 갖고자 했으나 독일인도 유러피언도 아니며 언어도 안 되고 직장도 없는 무능력한 엄마에게 전적인 양육권을 법정이 인정치 않을 거라고 했다. 합의를 보아야 한다는 것이다. 여기서 합의란 공동 양육을 말하며, 일주일을 기준으로 반 정도 날짜를 돌아가며 서로 아이들을 돌보는 것이 일반적 시스템이다. 그래서 많은 이혼 커플이 이혼 후에도 같은 동네에서 살며, 아이들은 엄마 집과 아빠 집을 들락날락하며 학교를 다닌다.

남자가 주요 수입원인 경우에는 대부분 여자가 주중에, 남자가 주말에 양육하는 것으로 날짜를 나누는데, 애들 아빠는 내가 한국으로 아이들을 데리고 갈지 모른다는 생각에 반반의 날짜를 주장했다. 그렇게 정하려고 해도 여러 문제가 남아 있었다. 그의 직업상 프로팀이 부르는 곳으로 해외 이주를 갈 확률이 많은데 이럴 경우 나는 그가 움직이는 곳을 따라다닐 수도 없는 것이다.

결정을 내리기에 너무도 어려운 문제가 산재해 있었다. 헤어짐 자

체를 통해 느끼는 감정적 아픔보다 '앞으로 어떻게 살아가야 하지?'
를 고민하느라 그 시간들을 어찌 보냈는지 모른다.

그때 그 시절의 내게 유일한 힘이 되어준 식구가 있다. 역시 놀이
터에서 만난 한국인 아내와 미군 군변호사 남편, 수언과 제임스다.
나보다 열 살이 넘게 어린 커플이었다. 당시 수언은 둘째를 임신해
출산을 기다리고 있었다. 아이들을 놀리며 한국말로 말하는 나를 보
고 시작된 인연이었다.

수언은 바르고 활발하며 무엇보다 마음이 너그러운, 그야말로 편
안한 성격의 소유자였다. 남편 제임스는 키가 2m 가까이 되는 장신
의 전형적인 착한 미국 남자였다. 아내와 자식한테 모범적인 가장
이 되고자 모든 면에서 최선을 다하는 바람직한 남편상이었다. 내가
살던 타운에 최초의 한국 여자가 나타난 그 공원에서의 만남이 훗날
이혼의 길고 어두운 터널을 지나는 내게 친정집 같은 안식처가 되리
라곤 예상도 못 했다.

이혼까지 가는 과정은 결코 아름다울 수 없다. 변호사들은 중간에
서 싸움을 일으켜 돈과 시간, 무엇보다 정신을 마모시켜간다. 결국
난 가급적 웬만한 조건은 수락하고 빨리 마무리해 내 삶을 바로잡아

세우는 것이 살길이라는 결론을 내렸다. 장기적으로 유럽 땅에서 정착을 하고 아이들 근처에서라도 살려면 직장도 가지고 누구에게도 의존하지 않고 사는 것이 시급한 문제였다.

2012년 크리스마스에 전남편이 아이들을 데리고 간 이후 난 단한 번도 아이들과 함께 크리스마스를 못 보내고 있다. 이런 일이 생길 때마다 법정 소송으로 갈 수도 없는 노릇이니 그저 그렇게 억울한 처분을 감당할 뿐이다.

크리스마스를 혼자 보내게 된 나를 수언네 가족이 초대했다. 와인과 같이 해 먹을 음식 재료를 바구니에 넣어 자전거를 타고 그 집으로 향했다. 답답한 심경으로 혼자 크리스마스를 보낼 뻔했던 처지에 얼마나 고마운지 집에서 10분 거리를 찬 겨울바람에 눈물을 날리며 달려갔다.

수언은 커다란 닭 요리를 오븐에 넣고 제임스는 레몬 케이크를 굽고 있었다. 출산 후 조리 중인 딸의 육아를 돕기 위해 그녀의 친정엄마까지 한국서 오셔서 제법 시끌벅적한 모임이었다. 전을 부치고 샐러드를 만들며 주고받은 와인 몇 잔에 웃어도 웃지 못하며 들어도 듣지 못하는 시간을 눈물을 꾸욱 참으며 견뎠다.

"우리 내년 4월에 미국 발령을 받아 돌아가요. 언니, 그래서 우리가 유럽 이곳저곳을 캠핑카로 여행을 다니려고 계획 중이에요. 언니만 괜찮으면 우리 애들과 언니 아들들 함께 가요. 제일 큰 사이즈로 빌리면 될 듯해요."

가족끼리 추억을 만드는 시간인데 불편하지 않게 식구끼리 가라고 해도 그녀의 권유는 끊이지 않았다.

"언니도 알지만 남자하고 여행하면 싸우기나 하지 뭐 재미있어요? 게다가 애들은 애들끼리 놀리고 같이 밥도 해 먹고 얼마나 재밌겠어요? 언니도 그때 즈음이면 서류상 모든 일이 끝나고 홀가분하게 새 삶을 시작하기 전인데 기분 전환을 위해 여행 가는 것으로 해요. 어때요? 멋지지 않아요?"

난 알았다. 그 부부는 날 위해 그렇게 하자고 이미 합의를 봤다는 것을. 평상시 같으면 부부 동반 여행에 눈치 없이 따라가는 일은 안 했을 나였으나 그때는 신세를 지더라도 아픔을 이겨갈 수 있는 계기를 갖고 싶었다.

우린 독일의 '검은 숲Black Forest'을 시작으로 부르고뉴 디종, 리옹을 거쳐 아비뇽, 스페인 마드리드 바르셀로나를 도는 2주간의 캠핑카 여행을 함께했다. 캠핑 카 안 작은 싱크대와 정박한 캠핑 파크의 세척대가 우리의 테이블을 준비하는 조리 시설이었다. 설거지도 불편하고 집 부엌처럼 편치도 않았지만 서고 싶으면 서고 쉬었다 가고 싶으면 쉬어 가고 배고프면 장을 봐서 바로 요리해 먹는 자유로움이 이점인 캠핑 카 여행이 몹시도 맘에 들었다. 예약 때문에 꼭 스케줄대로 움직여야 하는 부담 없는 베가본드 스타일의 여행이 옥죄듯이 답답하게 죄어오던 나의 가슴에 숨통을 열어주는 듯했다. 이 여행을 통해 다른 세상에 대한 희망과 호기심으로 채워진 가슴으로 홀로 다시 일어날 희망을 갖게 되었다.

그 여행의 계획을 의논하던 그날 그 저녁은 세상에서 제일 대범한 선물을 받은 가장 슬픈 크리스마스 테이블이었다.

꼬마 병정들의 식사

막내 지안 로가 두 살이 되던 해, 우리 부부는 형 루카가 다니는 영어 유치원의 웨이팅 리스트가 길어 한 독일 유치원에 아이를 보내기로 결정을 내렸다. 아직도 아장걸음을 걷는 지안 로. 부모라면 열 손가락 깨물면 다 아프다고 하지만 막둥이는 항상 더 아기처럼 여겨진다. 특히 이 녀석은 태어난 지 얼마 안 되어서부터 내 몸에서 떼어놓기만 하면 울어대서 음식을 할 때도 캥거루처럼 앞에 안고 해야 할 정도였다.

생살을 떼어놓은 듯 불안한 첫 주가 지난 어느 날, 유치원에서 부모들의 참관을 허락하는 통지가 왔다. 아직도 배 속의 태아같이 덜

여문 꼬마가 어떻게 집단생활을 하는지 궁금하던 차에 정말 좋은 기회가 아닐 수 없었다.

참관 시간은 점심시간이었다. 부모들이 교실 벽을 타고 서서 구경을 하는 동안 아이들이 여느 때처럼 식사를 하는 것이다. 식사 시간을 알리는 종소리가 들리자 아이들이 일제히 일어나더니 음식을 나눠 주는 창이 열려 있는 부엌과 붙은 벽 쪽으로 향해 순서대로 얌전히 움직인다. 모두 이제 갓 말귀를 이해하는 두 살에서 세 살 정도의 유아들이다. 그런데도 누구 하나 미리 가려고 서두르지도 않고 소란을 일으키지도 않으며 조용히 문제없이 줄을 서고 칸이 나뉜 쟁반에 담긴 음식을 가지고 일사불란하게 제자리로 돌아와 앉는다. 모든 아이가 자리에 앉자 간단한 감사의 노래와 구호를 조용히 따라 한 후 식사가 시작되었다. 입에 음식을 넣고 떠들거나 먹다 말고 장난을 치거나 한눈을 파는 아이도 없었다. 한 이십여 분 지나 식사가 끝나자 시작과 마찬가지로 또 줄을 서서 음식을 내준 창으로 깨끗이 빈 쟁반들을 반납한다.

'이것이 내가 아는 내 막내아들의 모습이 맞나? 내가 본 이 완벽하게 질서 있는 광경이 두세 살 유아들의 집단 식사 시간이 맞는가?'

그 차분하고 평화로운 상황이 믿겨지지 않았다.

집으로 돌아온 나는 오늘 저녁 시간에 한번 그대로 지시를 해보자 마음먹었다. 식사를 할 때 밥 좀 입으로 제대로 직진하도록 해보겠다는 일념에 불탔던 것이다. 저녁 시간이 되어 아이들을 앉히고 식사를 내주었다. 그리고 "먹기 시작" 하고 지시를 한다. 아이들은 이내 내 집, 내 아이들로 돌아와서 먹다 말고 기어 나가 장난감을 꺼내기 시작하고 딴청을 하거나 아무 데나 흘리고 산만하기가 이를 데 없었다. 결국 다시 끌어다 앉히고 입에 떠넣어주는 일상이 반복될 뿐 내 기대는 무너지고 말았다.

'대체 어떻게 훈련을 시키기에 일주일 만에 아이들을 군대식으로 행동하게 만들까?'

독일은 유치원뿐만 아니라 집 안에서의 규율도 혹독하리만큼 철저히 관리된다. 그 방법의 시작은 '규율 앞에 예외가 없다'라는 기본자세를 부모가 지키는 것이다. 저녁 6시에서 7시 반이면 잠자리에 들게 하고, 아침 6시 기상, 7시 조식. 이렇게 항상 변함없는 일상을 반복한다. 우리처럼 오늘은 친구네 왔으니까, 생일 파티니까 같은 예외도 거의 없다. 친구네 집에서 식사를 하거나 초대를 받아도 오후 7시가 지나면 거의 모든 행사가 파장을 한다. 언제인가 생일 파티에 초대되어 갔는데 아이들 식사가 끝나자마자 부모들은 배도 못

채우고 집으로 부랴부랴 해산을 해 무슨 일인가 했더니 아이들 취침 시간에 맞추어 모두 돌아가야 하기 때문이었다.

칼같이 움직이고 일상을 지켜가는 독일인들. 난 다시 태어나도 그렇게 살 수 없다는 생각에 마냥 그들이 두렵고 멀게만 느껴졌던 독일에서의 생활. 그러나 시간이 지날수록 그들이 그토록 충실히 지켜가는 '규칙적이며 모범적인 일상의 태도'가 결국 개인의 삶의 질은 물론이고 국력에까지 연결된다는 사실을 부인할 수는 없었다.

아이들이 다 큰 지금, 방학 때면 프랑스의 엄마 곁으로 온 아이들은 처음 며칠은 독일식으로 매너 있게 식사를 하고 깍듯이 감사의 말을 전하며 접시를 개수대로 나른다. 그러다 일주일이 지나면 자유롭고 편안하며 원하는 대로 행동해도 뭐라 않는 '엄마표 식탁 예절'로 돌아간다. 처음에는 흐트러져 가는 아이들의 모습에 혼도 내고 엄격히 굴어도 봤다. 그러다 결국 내린 결론.

'그래, 그렇게 사는 것도 얼마나 피곤하겠니? 엄마 품에서라도 개구쟁이들이 되어 편안히 모든 나사를 풀어놓고 지내다 가렴!'

함부르크 중국 슈퍼에서 산 김치가 먹다 남아 버릴까 하다 우선 식용유로 볶아봤다. 루카가 김치를 정말 좋아한다.

"루카, 김치 볶은 것 싸 가면 아빠랑 가는 여행 중 먹겠니?"

설마 했는데 가지고 가겠다고 해서 유리병에 넣어 랩으로 싸고 또 쌌다. 기어코 옷 짐에 꾸역꾸역 넣는 모습이 너무도 안쓰럽다. 매일 어미가 해주는 음식이 생각날 아이들의 마음이 나의 가슴을 쓰리게 한다.

헤어지는 공항에서 50유로씩 쥐어주며 "먹고 싶은 거 따로 사 먹고 싶을 때 쓰렴" 했더니 아니라고 괜찮다며 절레절레 고개를 젖다가 기어코 쥐어주니 감사하다고 몇 번씩 이야기한다.

아이들이 가고 난 후 사진을 정리해 왓츠앱으로 보냈다. 막내에게도 드디어 전화기가 생겨 이제부터는 그를 통하지 않고 아이들과 직접 소통을 할 수 있게 되었다.

아이들이 커나가면서 아쉬운 점이 많다. 더 이상 샤워도 못 시키고 머지않아 끌어안고 함께 잘 수도 없을 거고, 자그마한 사이즈의 앙증맞은 옷이나 신발들도 이제 내 것이 아니다. 그래도 잃는 게 있으면 얻는 것이 있을 것이다. 언젠가 자기들 스스로의 마음과 몸으로 이 어미에게 찾아올 날이 오겠지.

"엄마, 김치 찌개와 밥 해줘요. 빨리!" 그럴 날들이.

∮
∫

하이델베르크 - 파리

아이들을 돌려보내고 돌아오는 TGV 기차 식당칸에서 후배 S와
문자 대화.

나: 아이들이 날 더 사랑하는 거 같아.

뭐랄까?

끝이 안 보이는 사랑에 대답이 '미안함'

S: 그래서 뭣 좀 먹었어?

나: 그냥 착하게 사진 정리하면서 가려는데

언제나처럼

옆자리에 좀 많이 무겁고 나이 든 아저씨가 앉으셔서

숨이 답답해 오잖아…!

기차 안 바에서 미니 레드 와인, 소씨송 하나 사서

애들 도시락 안에 남은 당근이랑 치즈, 미니 방울토마토…

눈물방울…

S: 에구, 내가 대작해 줘야 하는데.

나: 지금 하고 있잖아?! 온라인으로

ㅋㅋㅋ 근데 말이지

남자들은 죄다 물에 샌드위치 먹는데

여자들은 죄다 술잔 기울이고 있네!!

여자들이 잊을 게 더 많은가 보다….

⚜

∫

사랑의 테이블

∞

✧

93

떠도는 영혼 앞에서 싱글거리던 이 남자

지난밤 과하게 마신 레드 와인 때문에 기름진 음식이 먹고 싶어서 감자튀김과 샤블리 품종의 화이트 와인을 한 잔씩 시켰다.

날씨가 화창한 파리의 테라스, 퐁피두 박물관이 바라다보이는, 세계에서 둘째가라면 서러울 목 좋은 카페에서 우린 나란히 앉아 지나가는 관광객들을 무심히 바라보거나, 박물관에서 감상했던 현대 작가들 몇몇에 대해 적당히 무거운 대화를 섞으며 한가로운 주말을 보내고 있다.

이 복잡하다 못해 비좁고 상냥하지 못하며 때로는 불쾌한 도시 '파리'에서 사는 다섯 가지 이유 중 하나를 꼽으라고 파리지엥들에게 물으면 아마도 노천카페에 앉아 즐기는 이런 무감각한 여유로움을 두세 번째로 꼽을 것이다. 라틴의 적나라한 햇볕에 몸을 맡긴 채로 오늘만큼은 신을 찬양하며 세상만사 시름을 내려놓고 모두들 이유 없이 행복한 모습이다.

배낭을 짊어진 채 박물관 입구에 당당히 자리한 칼더의 대형 조형물에 카메라 초점을 맞추거나 길거리 악사를 둘러싸고 동전을 던질 수준인가 고민 중인 이방인들을 바라보다 잠시 생각에 잠긴다.

'나 또한 이 남자를 만나기 전까지 저 행인들 중 한 명이 아니었던가?'

'이방인'. 아무 연고도 없이 다른 세상에서 날아온, 먼 나라에서 태어나 자라고 성장해 여행이나 다른 무슨 연유로 이 도시를 메운 저들 중 하나가 아니었던가 말이다.

느닷없이 떠오른 생소한 느낌에 내 옆에 앉은 남자의 섬세하게 조각된 듯한 콧날을 바라다본다. 난 조지를 사분의 일 각도에서 바라보기를 좋아한다. 깊게 가라앉은 푸른 눈도, 웃으면 시원스럽게 활 모양처럼 되는 입매도, 이 각도에서 보면 빛의 도움을 받아 더욱더 근사한 조형미를 드러내기 때문이다.

사실 처음부터 이 각도의 모습에 반한 것은 아니었다. 연둣빛이 살짝 돌아 시원스러운 샤블리 한 모금을 들이켜며 우리의 처음 그 순간들을 떠올려본다.

아이들 아빠와 헤어진 나는 그야말로 모든 것을 잃은 상태였다.

짚신이라도 꿰차고 싶던 떠도는 영혼 앞에서 거목처럼 서서 싱글거리던 이 남자. 그 사람을 다시 내 인생의 어두운 테이블에 초대해 촛불을 밝힐 수 있었던 이유는 결코 사분의 일, 옆모습 때문은 아니었다.

처음 만난 날 느낀 감정은 정확히 호감이라고 할 수 없었다. 저만치에서 다가오는 덩치가 큰 남자, 주변 사람들 중 우뚝 솟아 한눈에 들어오던 그 모습이 아직도 그날 같다. 하나씩 들어오는 디테일이 허리춤으로 가자 나도 모르게 "오! 하나님" 하고 말았다. 길고 검은 모직 외투에 검은 바지 차림의 그, 받쳐 입은 흰 턱시도 셔츠 한쪽 자락이 벨트 밖으로 삐죽이 나와 있었다. 그 모습이 단지 셔츠 자락이 아닌 모든 불길함의 끄나풀처럼 보였다. 그 끄나풀을 당길 것이냐 마느냐 하는 또 다른 긴장감 속에서 난 또 작은 희망의 불씨를 찾아본다.

"어수룩한 구석이… 적어도 인간미는 있겠지…."

만나고 나눈 한두 시간의 대화 속에서 내게 어떤 '초대'의 메시지가 보이기 시작했다. 대화는 새로운 사람들이 만나면 으레 주고받는 상투적인 내용으로 시작되었다. 그러나 그 뻔한 오고 감 속에서도 그는 '우리'라는 중심을 잃지 않고 있었다. 처음 만난 낯선 타인을 그는 놓치지 않고 붙들고 주시하며 경청했다. 사람과의 대화에 그다지 능숙하지는 못하지만 그는 '나'와 이야기를 하고 있다는 느낌을 끊임없이 전달하고 있었다.

⚜

∫

두 번째 만남

두 번째 만남은 그의 집으로의 '초대'였다.

"혹시 그리스 음식 먹어봤어요? 우리 친할머니가 그리스인이라 난 그리스 음식을 무척 좋아하죠. 그리스 음식으로 차린 저녁에 초대할게요!"

그렇게 우리의 만남은 비어져 나온 셔츠 자락을 당기듯 시작되었다. 그러나 내 느낌은 여전히 혼돈스럽고 아무런 확신이 없었다. 예견되는 불신, 끝없는 줄다리기, 애정보다 앞선 계산들…. 이런 것들에 대한 두려움으로 큰 기대감 없이 약속된 날, 그의 집으로 와인 한 병을 사 들고 갔다.

그의 집은 개선문 아래, 파리의 허파라고 불리는 '블로뉴 숲' 근처 '누이Neuilly Sur Seine'라는 곳에 있었다. 누이는 보수적 상류층이 사는 곳으로 전 대통령 사르코지가 오랜 세월 동안 시장을 했던, 프랑스에서 제일 살기 좋은 도시로 몇 년째 선정된 곳이라 한다. 혼자 살기에 적당한 사이즈의 자그마한 아파트에 들어서니 온통 하얀색의 실내 분위기가 마치 레지던스 오피스텔같이 단조롭기 이를 데 없다.

남자가 혼자 산다면 이럴 것이다 하는 극한 상황의 실내에 내 시선은 무언가 정 붙일 곳을 찾아서 두리번거렸다. 집은 흰색 가죽 소파, 유리로 된 식탁, 하얀 식탁 의자들, 자녀로 보이는 이들의 사진들이 프레임 된 액자 정도가 놓여 있는 붙박이 선반…. 미니멀하기 이를 데 없었다.

재미난 소품 찾기를 포기한 후 그가 권하는 대로 식탁에 자리를 잡았다. 식탁에는 다섯 가지 정도의 음식이 놓여 있었다. 무엇을 정확히 기대했던 것은 아니나 슈퍼마켓 식품 코너에서 테이크아웃해 온 듯한 패키지 그대로의 세팅에 조금은 어이가 없었다.

그리스 대표 애피타이저 코스로 메제데스라 불리는 차지키(요거트에 버무린 오이)와 타라마(마요네즈에 버무린 생선 알) 그리고 그리스식 납작한 빵과 도마데스(찐 포도 잎으로 말아 싼 밥)를 설명과 함께 나누며 다시 '우리'라는 대화로 몰입이 되었다.

　처음 만남처럼 여전히 그는 둘에 관한 내용에 집중한 채로 아주 단순한 분위기를 자아냈다. 와인이 한두 잔 들어가자 살짝 상기된 그가 그리스 식구들의 가풍, 문화를 시작으로 가족들에 관해서 이야기를 이어갔다. 그리스인 피가 절반인 아버지와 혼인한 어머니는 오십 년 가까운 삶을 함께하는 동안 반은 그리스인이 되었다 한다. 가족 중심적인 분위기, 식구들의 시도 때도 없는 모임, 허물이 없고 끈끈하다 못해 지나친 유대 관계 등 듣고 있으니 마치 우리나라의 어느 행복하고 평범한 가족사를 듣고 있는 듯했다.

　두 번 이혼의 상처를 겪은 그. 이 또한 우리의 공통분모였다.

　그는 여전히 빈 벽이나 선반 위를 훑는 내 눈길에서 무엇인가를 느꼈는지 자신은 과거의 잔재를 되도록 배제한 삶을 살려고 노력 중이라고 했다. 순간 무색의 테이블 위로 검은 그림자가 드리워지는 듯했다. 그도 나도 현재를 잠시 벗어나 과거의 어디쯤인가를 더듬고 있다.

　"Do you still believe in love?(당신은 아직도 사랑을 믿으세요?)"

　순간 나도 모르게 묵직한 주제의 질문을 던졌다.

"그럼 물론이죠! 난 언제나 우울할 때면 저희 부모님을 찾아요. 평생을 함께하고도 두 분은 여전히 서로를 사랑하고 의지하며 떨어져서는 못 사세요. 마치 두 몸 속에 나뉜 하나의 영혼 같아요. 두 분을 지켜보는 것만으로도 난 살아갈 희망을 느끼죠. 사랑이 존재한다는 희망 말이에요."

참으로 오랜만에 뜨거운 온기가 가슴속에 퍼져 오는 기분을 느꼈다. 그의 말대로 사랑이 다시 현실적이고 구체적인 언어로 부활을 하고 있었다.

그제야 난 모서리를 사이에 두고 90도 각도로 앉은 그의 사분의 일 쪽 얼굴이 참으로 맘에 들게 생겼다는 생각이 들었다.

생각에 잠긴 그에게 나는 무한한 미래를 엿보는 듯한 말을 한다.

"Life is full of wonder! Isn't it?(삶은 정말 경이로워요! 그렇지 않아요?)"

그렇게, 수많은 나눔의 레시피가 올려질 조지와 나의 사랑의 테이블은 시작되었다.

⚜
∫

테이블 위의 마스코트 꿀벌

음식이 서빙되자 조지가 식탁 위에서 무엇인가를 찾으며 두리번 댄다. 식구들이 "꿀벌 어딨어?" 하면 꿀벌 형상을 한 도기로 된 소금 병을 찾는 것이다. 꿀벌은 언젠가부터 식구들 사이에 테이블 위의 마스코트가 되었다.

음식에 간을 거의 안 하는 어머니는 각자 식성에 맞게 소금을 치도록 이 꿀벌을 식탁 위에 항시 준비해 놓으신다. 꽃동산의 꽃들처럼 이 꽃, 저 꽃 식구들이 모이면 자연히 꿀벌이 날아든다. 별것 아닌 듯한 이 집안의 소금병 풍습이 여러 가지로 유익하다는 생각이 들었다. 직접 소금 간을 칠 때는 미리 많은 염분이 첨가돼 조리된 음식보다 싱겁게 먹기 마련이다. 저염식의 식습관이 꿀벌 덕분인 듯해 더욱 이 조그마한 소금병에 애정이 간다.

꿀벌 풍습을 전수할 심산으로 소금병을 찾아 헤매던 어느 날, 파리 벼룩시장에서 앤티크 소금병 컬렉터를 발견하였다. 판매대 위의 수많은 소금병 중에서 유난히 이 아이가 눈에 들어온 것이다. 바람을 잔뜩 불어 넣은 볼에 하얀 고깔모자를 쓰고 손은 노란 바지 주머니에 찔러 넣은 채 소통을 원하는 표정으로 누군가를 오랫동안 기다려 온 모습이었다. 장인의 짓궂은 상상과 솜씨로 '한 캐릭터' 하는 무기체가 탄생되었다. 그냥 지나쳐 한 바퀴 돌다 그 '쬐그만' 모습이 머릿속에서 떠나지 않아 결국 돌아가 다른 병들보다 조금 더 비싼 이 아이를 데리고 왔다.

집에 오자 다른 물건들은 제치고 먼저 이 아이를 꺼내 씻겨 조지에게 선을 보였다.

"조지! 이 아이 좀 봐. 내가 오늘 마켓에서 발견해 업어 왔어. 어머님네 식탁 위 꿀벌처럼 앞으로 우리 집 식탁 위의 마스코트가 될 거야! 이 아이 이름을 뭐라 하지?"

어이없다는 표정으로 소금통을 들여다보던 그.

"이 아이는 브리타니Brittany 출신이야. 의상을 보면 알지. 브리타니

에서 왔으니까 그 지역에서 많이 부르는 이름 '얀Yann'으로 하지."

우연이 아니겠지만 프랑스 서북부에 위치한 브리타니의 게랑드 Gurande라는 지역은 청정 소금으로 유명하다. 브리타니 남쪽 로와르 강 하구에 위치한 5000에이커에 달하는 방대한 염전은 그 역사가 철기 시대부터 시작됐다고 한다. 적당한 바람, 풍부한 일조량, 온화하면서 건조한 기후와 조수의 간격, 물의 염도 등이 좋은 천연염을 만드는 천혜적 여건이다. 그러나 게랑드 소금 맛의 진수가 애틀랜틱 바닷물에 전적으로 의존한 것만은 아니다. 여름 내내 염전의 일꾼이 1000년 전 수도승이 개발한 수확법 그대로 소금을 수확한다. 지역인의 전통에 대한 자부심과 고집에 그 가치가 있는 것이다. 이 모든 노력의 중심에는 자신이 가진 것에 대한 뿌리 깊은 사랑이 자리한다.

꿀벌 소금통을 두고 나누는 화목한 가족의 전통이나 지닌 것에 대한 소박한 애정이 '행복의 조건'이 아닌가 싶다.

브리타니 격언 중엔 이런 말이 있다.

"누군가와 잘 안다고 할 정도로 친해지려면 7개의 주머니에 달하는 소금을 함께 쓸 만큼 시간이 지나야 한다."

그릇의 쓸모

그저 두고 보기에 예쁜 그릇,

음식을 담아야 빛이 나는 그릇,

모양은 그래도 두루두루 쓰임새가 많은 그릇,

아끼고 아끼다 제대로 써보지도 못한 채 깨져 마음이 아픈 그릇,

이가 나가도 아쉬워 쓰지도 않으면서 버릴 수 없는 그런 그릇이 있

는가 하면

모양도 안 예쁜데 쓸모마저 없어 버리고 싶은 그릇이 있다.

인물이 좋아 곁에 두고 그저 좋아라 하는 사람,

수수한 외모가 고운 심성으로 돋보이는 사람,

만물에 박식해 정보가 많고 여러모로 도움이 되는 친구,

너무 완벽해 가까이하긴 너무 먼 당신,

명랑하고 명쾌해서 만나면 즐거운 친구,

괜스레 정이 가고 안쓰러운 친구,

정녕코 끊고 싶은데 이러지도 저러지도 못하는 친구···.

난 과연 어떤 그릇인가?

이런 생각으로 마음속 주발의 형태를 그려본다.

부디 어느 모로든 쓸모 있는 그릇이 되었으면 한다.

일본에는 깨진 그릇을 옻으로 붙여 금칠을 해서 수리하는 '긴쓰기
金継ぎ'라는 기법이 있다.

상처받은 마음을 치유하거나 힐링하는 메디테이션의 한 방법이
기도 하다.

관계가 깨져 눈에 안 보여도 잊히지 않는 이가 있다.

공을 들여서라도 원래의 상태로 돌려놓고 싶은 관계도 있다.

죽기 전에 꼭 다시 한번 보고픈 사람이 있는가?

금이 가고 깨져도 붙여서라도 아니 부서진 채라도 지키고 싶은 그런 그릇처럼

사랑하는 이들이 곁에 함께하고 싶도록 정 깊은 사람이고 싶다.

그들이 다 담겨도 부족함이 없도록 너르고 깊은 그런 그릇이 되어

나보다 담긴 구성원 모두가 빛나고 행복하며

더불어 향기로운 가족이 되도록.

그런 쓸모 있는 그릇 같은, 아내이며 엄마이고 싶다.

찬장 뒤쪽에 밀려나 안 쓰는 그릇은 정리해야겠다.

내 남편 조지는 부드러운 중재자

오랜만에 토요일 낮에 식구들이 모이기로 했다. 무엇을 준비해 가나 고민하다 조지에게 말을 꺼낸다.

"토요일 점심에 모이는 자리에 애플 타르트 한두 개 정도 구워 갈까 해. 식어도 괜찮고 운반도 쉽고 게다가 식구 모두가 좋아하잖아?"

웬만해서는 이견이 없던 조지의 표정이 살짝 난색이 된다.

"아무래도 그건 좋은 생각이 아닌 듯해. 다른… 아니 한국식으로 무얼 준비해 보지 그래?"

납득이 안 되면 고집을 꺾지 않는 나.

"아니 왜? 한국 음식은 만들기도 어렵고 운반할 때 냄새 나고 가서 또 데워야 하고 식구들이 다 같이 좋아하는 것이 뭔지도 모르겠고."

뭔가 잠깐 고민을 하듯 생각을 하다가 그가 말한다.

"그게 말야, 당신은 음식을 자신 있게 여러 가지 잘하지만 우리 엄마는 볼로네즈 파스타와 애플 타르트가 본인이 내세우는 메뉴로 다거든. 그런데 당신이 그마저 엄마 못지않게 잘해 가서 엄마의 프라이드를 뺏으면…. 아무리 생각해도 당신이 다른 메뉴를 생각해 봐야겠어."

조지가 왜 반대를 했는지 그제야 알 듯했다.

사실 식구가 모일 때면 어머니는 대부분 이 두 가지 메뉴를 준비하신다. 그야말로 식구들의 소울 푸드인 이 음식은 우리에게 김치찌개나 단팥죽 같은 것이다. 그러니 내가 애플 타르트를 선보이면 그건 가족들과 공유하는 오랜 전통의 중심인 소울을 훔치는 셈이 되는 것이다.

살아가면서 관계를 잘 유지해 가기 위해서는 크고 작은 제스처들이 필요하다. 기억에 남을 선물, 깜짝 놀랄 이벤트, 힘들 때 보태는 조력 같은 것은 어찌 보면 파악이 금방 되어 실행하기도 어렵지 않다. 이렇게 자칫 실수하기 쉬운 소소한 문제들을 어떻게 처리해 가느냐!

그것이야말로 큰일 못지않게 관계의 건강에 영향을 미칠 때가 많다.

결국 난 조금은 손이 많이 가고 힘들지만 어머님과 시누이가 좋아하는, 그리고 그들이 할 수 없는 나만의 채소전과 생선전을 부치기로 했다.

사랑의 질서

늦잠꾸러기 며느리가 시차 때문에 일찍 이불을 걷어차고 나왔다. 그린 주스와 키위, 사과로 아침을 해결하고 발코니로 나가니 붉은 껍질의 감자가 눈에 들어온다. 감자처럼 값싸고 단순하면서 다양한 메뉴로 요리가 가능하고 동서양 불문하고 모두가 좋아하는 식재료가 있을까?

오늘 런치 테이블의 주제를 감자로 펼쳐본다. 내 식성으로만 생각하면 찰진 감자전을 부쳐 양파 썰어 넣은 양념장에 찍어 먹고 싶지만 파란 눈 식구들을 고려해서 감자를 오븐에 굽기로 한다. 바구니에 가득한 당근이 눈에 들어오고, 애호박, 양파가 추가된다.

어머니는 저쪽에서 아침부터 다림질 열공 중이시다. 어머니와 나 사이에는 언제부터인가 무언의 합의가 자연스럽게 이루어졌다. 어머니의 빨래와 다림질, 청소의 깔끔한 수준을 내가 따를 수 없고 어머니는 나의 음식 사랑에 내게 기꺼이 부엌을 내주셨기에 평화로운 분업이 이루어졌다.

채소가 추가되면서 메뉴가 결국 그라탱으로 기울기 시작한다. 양념을 만들고자 음식 창고를 여니 캔 머시룸이 나온다. 이것으로 새로운 풍미를 내보겠다는 호기심이 발동을 한다. 겨자를 찾으려 냉장고를 여니 아이들이 남기고 간 칠면조 소시지가 보인다. 육류를 좋아하는 아버님을 위해 깍두기 모양으로 썰어 다져 넣는다. 채소 재료 위에 찾아낸 아몬드도 갈아 파슬리와 함께 듬뿍 얹었다. 마지막으로 다진 에멘탈 치즈를 토핑으로 얹어 여러 단계의 레시피가 완성되었다. 이런저런 남은 재료로 이 사람 저 사람의 식성을 고려하다 보니 듣도 보도 못 한 감자 요리가 곧 오븐에서 탄생할 예정이다.

산다는 것이 아마도 이런 것이 아닐까? 처음 예상하고 계획했던 항해와 달리 배가 떠오지고 바람이 부는 대로 예상치 못한 곳을 향해 표류하다 새로운 여행의 동반자들이 타고 내리며 이런저런 스토리가 얽히고 이어져 예기치 못한 도착지에 다다르는 것.

길을 잃을까? 두렵기도 하지만 맘을 정하고 최선을 다하다 보면 그럭저럭 괜찮은 인생살이, 맛, 사랑 이야기가 우리를 기다린다. 결과를 망쳤다 해도 최선을 다한 자에게 후회는 없다. 그저 보다 나은 맛을 위한 과정의 하나로 소화해 내고 같은 실수는 안 하기로 교훈을 삼으면 그만이다.

감자 한 봉지에서 시작한 인생 보따리로 풍요로운 파리의 아침이다.

친구 없는 남자

이상하고 공교롭게도 친구가 많거나 친구를 좋아하는 남자를 내 남자로 둔 적이 없다.

처음 조지를 만났을 때 던진 몇 가지 중요한 조건 중 하나,

"난 친구가 많지는 않아도 조금은 있는 남자랑 교제하고 싶어요. 그래서 서로 집에 초대도 하고 피크닉, 여행도 함께 가고 할 수 있으면 좋겠어요."

싱글벙글 자신감 가득하게 그가 대답한다.

"그 문제라면 걱정 말아요! 난 친구라면 얼마든지 있으니!"

웬걸, 함께한 지 삼 년 반 세월 동안 친구라면 컬리(곱슬머리 그에

게 조지가 붙인 별명)를 카페에서 한 번 조우한 것이 전부다.

칼퇴근과 함께 거의 일 년 내내 집에서 아내와 식사를 하다시피 하는 파란 눈의 프랑스 남자. 친구 교제, 회식, 비즈니스 식사로 얼굴 보기 힘든 한국 사회 남자들의 친구 관계와 다소 차이가 있다.

조지에게 유난히 친구(본인 말로는 안 만나고 전화 통화나 하는 걸로 충분하다는데…)가 없는 편이긴 하나 대부분의 결혼한 프랑스 남자들의 일상이 이렇다. 아주 특별한 일이 아닌 이상 외식이나 친구 집에 초대되어도 부부 동반이 대부분이다. 특히 주말에 혼자 친구를 만나러 식구들을 남겨두고 나가는 일은 매우 드문 경우다. 그만큼 철저히 가족 중심의 라이프스타일로 일상이 설계된다.

그래서인지 한국 여성과 결혼한 프랑스 남성들은 대부분 친구 좋아하는 한국인 아내 모임에 딸려 와 남편끼리 가까워지는 일이 더 흔하게 일어난다. '한국 여자와 사는 법' 같은 동병상련을 나누며 친해진 커플 모임은 늘 한국 음식이 가득하고 마치 한국에서 만나는 것처럼 '여자끼리 남자끼리, 같이 또 따로' 모임의 문화가 이어진다.

그러던 어느 날 내가 만났던 조지의 유일한 친구인 컬리가 생일이라며 연락이 왔다고 한다. 패치워크 패밀리의 가장인 그의 아내가 전남편과의 사이에서 낳은 자식들과 함께 바캉스를 떠나 홀로 생일을 보내게 되었다고 한다. 이야기를 듣자마자 측은한 마음에 "혼자 쓸쓸하게 생일을 보내게 하지 말고 밥이라도 같이 먹자"고 제안을 한 것이다.

내 친구들이 수도 없이 카페 다니듯 우리 집 문턱을 넘나드는 동안 그의 친구 방문은 오늘이 처음이니 그야말로 '역사적 순간'이 아닐 수 없다. 메뉴는 당연히 한국 음식을 한 번도 먹어보지 못한 컬리를 위해 서프라이즈로 '코리안 푸드'로 하기로 했다.

오전 내내 샴페인을 고르고 정육점 가고 장 보는 동안 조지의 모습이 그 어느 때보다 들떠 보였다. 서울서 배로 운송해 온 돌판을 달궈서 새우전, 호박전 등을 부쳐 애피타이저로 냈다. 테이블에 직접 불판을 내놓고 즉석에서 요리하는 것을 처음 본 컬리의 얼굴이 불판처럼 흥분으로 달아오른다. 처음 휴대용 가스버너를 테이블에 올려놓고 고기를 굽는 걸 보며 겁에 질렸던 조지의 모습이 떠올라 웃음이 나온다. 그의 표현에 의하면 "실내에서 사제 폭탄에 불을 지펴 고기를 굽는 걸 예사롭지 않게 생각하는 한국인은 정말 먹는 거라면 목숨을 거는 민족"이라는 거다.

그러던 그도 즉석이 주는 맛의 월등함에 이제 용감히 젓가락을 들고 목숨을 건다.

본식으로 정육점에서 조지가 고른 안심과 등심 스테이크를 양파, 마늘, 버섯을 함께 올려 버터에 구웠다. 구운 고기를 그 자리에서 가위로 (전 세계 중 테이블에서 가위를 쓰는 나라는 우리나라밖에 없다고 한다) 잘라 서빙하는 모습에 또 한 번 놀란 눈으로 바라보는 컬리. 장난기가 생긴 나는 더더욱 열심히 가위질을 한다. 재혼한 친구의 아시안 아내에 대한 모든 궁금증과 선입견은 이렇게 식탁 위 싹 비워진 접시들이 응답해 준 셈이다.

오랜만에 생애 최고의 생일을 보냈다며 감격에 겨운 표정으로 인사를 나누는 그에게 지나친 음주로 상한 간을 위해 아티초크 진액, 남은 파전을 주섬주섬 싸주는 코리안 아줌마. 단순, 진솔하게 거리 좁히기에 '먹거리 나누기'만 한 방법이 없다.

역시 내가 항상 주장하는 모토 "세상에 음식보다 더 좋은 대사 ambassador는 없다"가 또 한 번 증명된 저녁이다.

맛의 반전

조지가 출장을 가면 되도록 장을 안 보고 냉동고 비우기 작전에 들어간다. 실상 제대로 먹고 살려면 냉동고를 비워야 한다. 때때로 한두 달에 한 번씩 냉동고를 비우고 청결히 하는 것이 식단 관리의 놀랍게도 중요한 한 부분이다.

한국 식자재가 들어 있는 아래칸을 여니 어묵, 말린 북어가 나온다. 미역국이 먹고 싶던 차에 실험 정신을 발휘해 모두 넣어 한 솥 가득 퐁당 국을 끓인다. 특히 혼자 먹을 음식을 할 때면 이렇게 모험을 할 수 있어 재미난다. 망쳐도 혼자 먹어버리면 그만이니 부담도 그만큼 적다. 북어, 어묵, 다시마, 미역, 대파를 넣은 뒤 결정적으로 버리지 않고 보관해 둔 게장 간장으로 간을 맞추고 멕시칸 고추 서너 개를 똑똑 부러뜨려 넣었다. 맑고 시원하기가 일본 교토의 깊은 산중 야외 냉온탕 같다. 머리와 가슴이 시원한데 혀와 위장은 맵싸한 맛에 뜨겁다.

한국의 매운맛은 비주얼부터 강렬하다.

붉은 용암이 펄펄 끓는 듯한 감자탕, 부대찌개, 김치찌개…. 언젠가부터 고춧가루가 범벅이 되어 치아 사이에 끼고, 혀가 껄끄러운 게 불편해진다. 맵고 뜨겁고 펄펄 끓어 속이 다 데어 맛을 느낄 새도 없는 그런 찌개들과 조금씩 멀어져 간다.

사람도 그렇다.

처음부터 열정적이고 뜨거운 관심과 애정 공세로 다가오는 이들보다는 겉모습이나 말투는 쿨한데 깊고 깊은 속 안에 마그마를 담고 있는 사람, 그런 반전적 캐릭터에 점점 끌린다. 사람은 자기 속 안에 부어 넣는 걸 닮아가는 듯하다.

먹는 것이 피와 살이 되고 정신이 된다.

보기에는 맑고 섬섬한, 그러나 은근하게 칼칼한 맛에 속이 시원한 저 어묵탕처럼 되고 싶다.

소울 푸드, 소울 메이트

이른 봄이면 나오는 화이트 아스파라거스.

아스파라거스가 나오면 드디어 대지가 기지개를 켜고 그 활달한 성품을 드러내기 시작한다는 징조다. 그런 자연의 흥겨운 출발과 상관없이 인간사는 모두 동면 상태이다.

'부활절 방학'에 아이들을 만나기를 고대하며 4개월을 참고 기다렸건만 코로나19 사태로 모든 것이 불가능하게 되었다.

'이스터 방학은 취소되었음.'

아이들 아빠로부터 이렇게 혹독한 문장만 짧게 날아왔다.

주방에서 설거지를 하다 흐르는 눈물을 참을 수가 없었다. 세상에는 죽어가는 사람도, 사업을 하다 망해 엄청난 부채에 시달리는 사람도, 그보다 더한 고통에, 아니 지금 당장 코로나 바이러스로 고통 속에 헤매는 사람들이 매일 속속 나타나는데 이 정도 일로 울어서 되겠나 싶어 아이들이 무사한 것이 다행이라고 위로하며 스스로 눈물을 말려본다.

눈물을 많이 흘리고 나니 국물 생각이 난다. 오래돼 싹이 난 감자를 갈아 감자전을 부치고 쓰고 남은 무를 갈고 메밀로 '내 멋대로 장터 국수'를 해봤다.

맛을 본 조지의 표정이 미묘해진다. 감자전은 너무 굵게 갈아서 푸석거리고, 고명을 준비하다 식은 국물을 메밀 국수라 좀 차게 먹어도 좋겠다 싶어 데우지 않고 내어 놓으니 멍청하기 이를 데 없는 맛이다.

"어때? 맛이 별로지?"

"아니, 괜찮아!"

그가 괜찮다고 표현하면 그건 별로라는 정도로 보면 된다.

좀 미안한 마음으로 식사가 끝나간다.

그가 다 먹은 듯 양손으로 사발을 쥐더니 멸치 육수를 '후루룩' 소리까지 내며 다 들이켠다. 내려놓은 그릇을 보니 김치며 국수 가락 하나 없이 아주 깨끗이 다 비웠다.

마치 식사를 마친 스님의 발우처럼 말끔하고 경건한 모습이다.

"신기하네! 고기 국물이 아니라 식성에도 안 맞고 국물도 식어서 맛이 별로였는데 국물까지 다 마시고."

"음식에서 만든 사람의 정성이 느껴졌어. 그래서 감사를 표현하고 싶어지더군."

언젠가 내가 일본인들이 라면을 먹고 소리를 내며 국물을 들이켜는 것은 '잘 맛있게 먹었습니다'라는 뜻의 예우를 표현하는 몸짓이라고 알려준 기억이 있다.

지난 2년간 우리 부부에게 일어난 모든 힘들고 부당한 일들이 말끔히 스며드는 순간이었다. 따스한 그의 한 마디가 모든 힘든 순간이 아무 일도 없었던 것처럼 다 지나가리라는 희망의 메시지가 되어 부엌 창문에 걸린 달처럼 은은하게 식탁을 비춘다.

이 힘든 시간이 지나고 감사할 수 있는 미래가 오도록 조용히 기원해 본다.

TIP

감자전을 할 때 밀가루 대신 메밀가루를 한 스푼 정도 섞는다. 밀가루보다 구수한 맛이 감자의 흙 내음과 조화를 이룬다. 나는 겨잣가루를 차 스푼으로 두 스푼 넣는데 감자의 날내를 없애 풍미를 돋운다. 서양인 입맛에 맞추어 치즈를 저며 뜨거운 감자전에 가니시로 얹으면 고소한 맛이 일품이다.

∫

타르트 한 쪽 같은 인생

마르셀 이모님 댁의 식사에 초대되어 아직 덜 익어 시큼하고 딱딱한 자두로 타르트를 구웠다. 타르트에 쓰는 과일은 조금 덜 익어 식감이 단단한 것이 좋다. 자두뿐 아니라 집에서 말린 무화과를 찢어 호두와 함께 넣고 구워본다.

이모님은 접시에 흘러내린 소스까지 싹싹 드시는 반면 아버님은 무화과와 호두의 씹히는 맛이 싫으신지 어머님에게 접시를 민다.

타르트는 구울 때마다 약간씩 맛도 모양도 다르다. 얹은 고명에 따라 당연히 결과도 다르겠지만 오븐 안에서 일어나는 마법에는 우리가 어쩔 수 없는 묘한 그 무엇이 있다.

먹는 즐거움도 좋지만 오븐에서 다 구워진 타르트를 꺼내는 순간의 설레는 마음에 타르트를 굽는 건지도 모르겠다.

사는 데 설렘이 없다면 무슨 재미일까?

사랑도 설렘이 사라질 즈음부터 식는다고 하지 않는가?

'타르트 굽기'는 어떻게 보면 우리의 인생 같다.

밀가루 반죽으로 만든 파이 도우는 우리의 태생이다. 옷을 입지 않은 우리의 모습에 이런저런 고명이 얹혀진다. 어떤 이는 늘 하는 대로 쓰던 재료를 올려 끝을 내고, 어떤 이는 다양한 재료에 디자인을 더하고 사용해 보지 않은 과감한 재료까지 얹어 시도해 보기도 한다.

그 이후 오븐을 예열한다. 이 과정부터 타이밍이라는, 운명을 결정하는 또 다른 중요한 요소가 나타난다. 적당히 예열한 오븐에 타르트를 넣어 굽는데 이때부터는 '운명'에 맡겨야 한다. 일단 오븐에 들어가면 돌이킬 수 없기 때문이다. 이런저런 예측 가능한 상황에도 불구하고 온도와 설탕, 펙틴 같은 성분이 만나 이루어지는 화학 작용, 과일의 종류에 따른 탄성과 수분의 농도, 그 외에도 한두 가지 마술이 추가된다.

어머니 미셸은 늘 사용하는 과일로 단순하게 만드시는데 그 맛이

기가 막히게 좋다. 분명 오랜 경험과 손맛에서 나오는 마술 같은 에너지가 있기 때문이다.

타르트 중 '타르트 타탕'이라고 불리는 종류가 있는데 조지가 제일 좋아하는 디저트다. 타탕이라는 성을 가진 자매가 실수로 뒤집힌 타르트를 내놓았는데 그 맛이 오히려 더 좋아 그렇게 불리게 되었다고 한다. 때로는 이렇게 실수도 예상치 않은 결과를 가져오는 것, 그것마저 우리네 인생 같지 않은가?

이렇든 저렇든 구워진 타르트는 조각조각 잘려 각자의 접시에 담긴다. 접시 위의 타르트를 먹는 모습에서도 인생을 대하는 태도를 엿볼 수 있다. 너무 달다, 시다, 덜 바삭바삭하다…. 휘핑크림을 잔뜩 뿌리기도 하고 과일만 걷어 먹기도 하며 크러스트를 남기기도 한다.

부모님 댁 강아지 아롤드는 남은 크러스트를 얻어먹으려 갖은 아양을 다 부린다. 단것이나 디저트를 즐기지 않는 나는 한두 스푼만 조지의 접시에서 뺏어 먹는다. 맛이 궁금한 호기심 때문이기도 하고, 단것에 중독이 될까 두렵기 때문이기도 하다. 아마도 이것이 내가 인생을 대하는 모습일 수도 있겠다.

타르트 굽는 기술에 마술이 붙어 나날이 맛이 좋아지니 기쁜 마음으로 즐기면 그만이다.

타향에서는 시부모가 친정

노르망디 어시장에서 장을 보고 돌아서려다 맘에 걸려 이것저것 더 사서 파리로 올라왔다.

얼마 전 아버님이 졸음운전을 하셨다는 어머니 말씀에 이제 곧 운전도 그만하실 때가 다가온다는 생각이 스쳐 간다.

노르망디에서는 11월이면 '조개관자 축제'가 열린다. 돌아오는 길에 저녁 메뉴로 조개관자를 사 가니 함께 드시자고 시어머니께 전화를 했다. 노르망디 출신인 시어머니는 해산물을 좋아하신다. 하나 해산물을 즐기지 않는 아버님과 다른 식구들을 고려해 식단을 짜다 보면 혼자 먹으려 해산물 장을 안 보게 되는 것이다. 그 심정을 익히 아는 터라 이참에 어머님 핑계를 대고 둘이 함께 실컷 먹을 생각으로 이것저것 잔뜩 골랐다.

칼같이 생긴 칼조개의 맛이 궁금해 사보았다. 남자들이 크림소스로 버무린 조개관자를 먹는 동안 우리 여자들은 조그만 조개와 바다소라를 까먹으며 킬킬거린다.

"이런 맛있는 걸 왜 못 먹는지 모르겠어요!"

두 어른이 맛있게 드시는 모습을 바라보니 얼마 전 아이들 입에 맛있는 거 들어갈 때 느낀, 표현할 수 없는 행복감과 비슷한 감정이 차오른다. 언젠가 이런 모든 순간도 다 추억이 되겠지 싶어 저 먼바다에서 밀물 같은 정이 밀려와 눈물이 나려 한다.

내 속으로 들어가는 것보다 사랑하는 이들의 입으로 들어가는 것이 더욱더 맛날 때, 그 맛을 알면 그것이 바로 '사랑'인 거다. 시부모 식사를 챙기다 보면 한국에 계시는 엄마 생각도 난다. 요즘 통 입맛이 없다며 내가 만드는 '봉골레 파스타'가 제일 맛있다고, 가끔 생각이 난다고 하신다.

그리움은 끝이 없다. 지나가는 행인이 보내는 따스한 미소 하나에도 당장 다가가 정을 붙이고 싶은 것이 타지 생활이다. 내 곁에 있는 사람한테 최선을 다해 함께하는 시간을 감사히 보내는 것. 그것만이 바로 최상의 선택이 아니겠는가?

✤

∫

각자의 자리

아침에 늦잠 자고 일어나니 조지가 사뭇 심각한 표정이다.

"아버지가 암이 재발돼서 키모세러피를 받아야 한대."

조지를 처음 만났을 때, 아버지가 막 전립샘암에서 완치되신 지 일 년이 지난 후였다.

친정엄마가 한 달째 소화가 안 돼 조직 검사를 받고 결과가 음성으로 나와 한숨 돌린 게 엊그제 일이다.

늙어간다는 것이, 산다는 것이….

오늘 찾아뵙자고 했더니 내일 가기로 했단다. 아무래도 아니다 싶어 아버님께 전화를 걸었다. 저녁 식사에 오시겠느냐 여쭈어보니 벌써 전화 저편 어머님께 "점심 아님 저녁?" 하고 물으신다.

아들들은 눈치가 없다.

아버님이 제일 좋아하시는 메뉴로 대접하기 위해 푸줏간 가서 좋은 부위의 고기를 사고 카르파치오 만들 연어와 한창 제철인 야생 버섯도 샀다. 마지막으로 조지가 전통 빵집에 들어가더니 디저트 두 개가 담긴 자그마한 상자를 들고 나온다.

"엄마 아빠가 제일로 좋아하는 걸로 하나씩 샀어."

가끔 보는 개구쟁이 같은 표정이다.

애피타이저로 연어 카르파치오, 가스버너 위 돌판에 얹어 구운 고기, 샐러드에 '페타 치즈'를 곁들여 드셨다. 아들이 특별히 준비한 디저트를 두 분이 아이들처럼 스푼으로 싹싹 긁어가며 맛나게 드신다. 옥에 티라면 어머니가 저녁 식사 후 꼭 드시는 캐머마일 차를 깜빡 잊었다는 거다. 다음에 오실 때를 위해 꼭 구비해 놔야겠다.

2년 반 전 조지와 집을 합칠 때 아버님은 바쁜 그를 대신해 나의 이사를 도와주셨다. 감사해 어쩔 줄 몰라 하던 내게 "You are our family from now on!(이제부터 너는 우리 식구야!)" 하시며 아시아에서 온 까만 눈, 까만 머리의 나를 두 팔 활짝 열어 반겨주신 분이다.

집안 식구들 일을 모두 조용히 뒤에서 처리해 주시며, 지금도 조지의 출장 때면 공항에 데려다주고 데려오고 하신다. 아버님의 사랑은 집안의 지붕이다.

시내로 이사 온 후 전처럼 자주 못 뵈어 늘 맘이 무거웠다. 식사를 마치고 자리에서 일어나시는 두 분을 배웅하며 전부터 가져온 생각을 넌지시 여쭤본다.

"이제 뇌이쉬르센Neuilly-sur-Seine (파리 바로 옆에 붙은 신도시)에 있는 아파트는 정리하시고 노르망디에서 파리로 오면 그냥 저희 집에서 같이 지내세요."

얼마나 함께 시간을 보낼 수 있을까 생각하면 눈물이 난다.

"Thank you for your suggestion! But We all have our own corner.(네 제안은 고맙구나. 하지만 우리 모두 자신의 자리가 있단다!)" 하며 윙크를 하신다.

아버님의 그 말이 또 충분히 이해가 간다. 각자의 자리라는 말. 아무리 힘겹고 두려워 불조차 밝힐 힘이 없어도 우린 모두 우리만의 작은 자리가 있다.

허브 향 가득, 작은 행복

올여름에는 발코니에 무심히 있던 파슬리와 바질을 좀 크다 싶은 화분에 옮겨 심었다. 깊은 흙에 뿌리를 튼실히 내려서인지 잘 자라 주어 여름 내내 식단이 향긋했다.

난 어떤 음식이든 허브를 뿌려 먹는 것을 매우 좋아한다. 허브는 조금만 뿌려도 풍미를 더해, 갈 수 없는 따뜻한 곳으로 나를 데려다 준다. '미지의 세계로의 순간 이동'이라고 할까? 맛의 경험은 가장 쉽게 할 수 있는 여행이다.

어제는 저녁 먹고 돌아오는 길에 민트와 차이브(실파)도 입양해 큰 화분에 옮겼다. "잘 자라서 식단에 기쁨이 되어주거라" 하며 흙을 다독이는데 어디선가 바람이 힘차게 일어나 키 큰 나무에 올라탄 담쟁이의 단풍 든 잎을 후두둑 흩날린다. 높은 가을 하늘에 펼쳐지는 빨간 단풍의 현란하게 아름다운 춤사위에 잠시 한눈을 판다.

'바람아 고맙다! 계절의 변화를 알려줘서.'

작지만 향기로운, 맡으면 맡을수록 그 향이 강하게 느껴지는 허브. 또 으깨면 으깰수록 향이 강하게 일어난다. 조향사가 향을 내듯 유난히 향기롭다. 향기는 허브 잎사귀에 담겨 있으나 세상에 향을 피우는 것은 자그만 행복에 충실한 자의 부지런한 손에 달려 있다. 그 향내를 마음으로 맡는 자에게는 잎사귀 수만큼 하루하루가 행복이다.

TIP

민트는 생명력이 매우 강해 품을 많이 들이지 않아도 잘 자란다. 땅에 심으면 여름 동안 엄청나게 번식한다.

프레시한 라임을 넣어 민트 티를 우려 마시거나 넴(Nem, 베트남 튀김 만두) 같은 튀김 만두를 먹을 때 상추와 함께 싸서 먹으면 남방의 독특한 풍미가 가득하다. 특히 여름에는 토마토, 양파, 오이 샐러드에 같이 다져 넣거나 볶음밥에 뿌리거나 수박 주스 등에 조금만 넣어도 그 프레시한 향이 더해져 더위를 이기기에 충분하다.

Miss you

함께한 시간과 수근거림

그날 내리던 빗소리

흘러내리는 빗방울에 어른대던 차창 밖

예쁘든 밉든 마음에 새겨져 버릴 수 없는 잔상들

재미도 없는 말에 환하게 웃던 치아

그 속에 숨어 있던 너를 향한 기쁜 마음

서운한 마음이 내리던 자줏빛 벨벳 커튼 같은 너의 그림자

비도 안개도 구름도

다 보고픈 사람 때문이다

엄마가 휴대폰 문자를 남기셨다.

"뭐 하니? 난 혼자 강변 산책하며 함께 걷던 길 벤치에 앉아 네 생각하며 망중한이다."

'네 생각하며…'

엄마랑 오십여 년 함께하면서 내가 그립다는 말을 처음 받아본다.

평생 그리움을 단 한 방에 먹었다.

한참을 못 본 아이들을 보러 간다.

그리움이 이곳에서 저곳으로

이 사람에서 저 사람으로

이 시간에서 저 시간으로

그리움은 언제나 네가 아닌 나 때문이다.

네가 아닌 내 안의 그리움이기에 좀처럼 사라지질 않는다.

엄마는 내가 만든 봉골레 파스타를 이 세상에서 가장 맛있다고 하신다. 얼마 전 시어머니와 먹은 봉골레 파스타가 떠올라 친정엄마께 더 죄송한 마음이 든다.

무슨 이유로 난 이렇게 사랑하는 사람들과 모두 흩어져 살며 그리움 속에 묻혀 혼자 맛있는 밥을 짓고 나누지도 못하나.

마음은 얼른 달려가 엄마 좋아하시는 봉골레 파스타 한 솥 앞에 놓고 포도주 한 잔 함께 나누고 싶은데.

돈 워리 테이블

오늘은 '돈 워리 테이블Don't worry table'을 준비하는 날이다.

아버님의 조직 검사 결과가 괜찮아 즐거운 마음, 돌아가며 식구들이 코로나19 검사를 했는데 계속 음성으로 나와 다행인 마음. 결과를 알고 난 후 생기 도는 모습이 검사실 들어가실 때 모습과 10년은 차이가 나 보인다.

생굴을 사러 어시장에 갔는데 손님이 줄을 서서 껍데기를 못 깐 채로 가지고 왔다. 작년에 어머님께 배워둔 노하우도 있고 굴 까는 칼도 사두었으니 한번 도전해 보자. 처음으로 굴 껍데기 열 개를 까는데 등에 진땀이 흐른다. 순간 한국 마트에서 몇천 원이면 살 수 있는,

셀 수도 없이 깐 굴이 가득한 물 봉지가 떠오른다. 달걀물 살짝 묻혀 부쳐 먹던 굴전, 무 넣고 지은 굴밥, 먹다 지쳐 담근 어리굴젓 등등. 이런 노고가 가득한 산해진미를 고마운 줄 모르고 먹었구나!

이래서 적당한 노동은 인간의 정신을 고양시킨다. 다음에 한국 가면 굴 껍데기 고작 열 개 까며 혼쭐났던 이 기억 잊지 않으리라. 봉지 굴 서너 개 사다가 하나는 전 부치고, 하나는 어리굴젓 담가 감사히 먹으리라. 우리가 아무 생각 없이 맞이하고 보내는 모든 일이 그 경로와 의미를 조금만 곰곰이 생각해 보면 땅을 기는 미물에게조차 고개 숙여 감사할 일이다.

식탁에 둘러앉아 별 탈 없이 지나간 몇 개월 동안 우리의 '테이블에 내려진 풍요'에 대해 얘기를 나누었다. 감사함 가득한 평온한 저녁 시간이었다.

내일모레면 아이들을 데리러 독일로 간다. 무사히 편도 10시간 운전을 마치고 아이들의 얼굴을 보는, 그 순간만 생각한다. 하루하루가 '괜찮을 거야' 하는 평범한 안위가 염원이 돼버린 시대. 그런 시대를 사는 모든 이에게 한 잔 건네듯 전하는 한 마디.

"Everything is gonna be all right.(모두 다 괜찮을 거야.)"

우리가 가진 단 한 가지, '지금'

우리나라로 치면 '장수무대'라고나 할까?

오늘 조지의 외가 쪽 어머니 남매 다섯 분 중 두 분 빼고 다 모였다. 막내 외삼촌이 췌장암 말기라 어렵사리 만들어진 자리다.

생사의 문제 앞에서는 하나같이 운명을 받아들인다. 그가 곧 죽을 병이 걸렸다고 특별히 신경을 쓰거나 슬퍼하는 기색도 보이지 않고 모두들 그저 평범한 주말 식사를 하러 온 듯 대수롭지 않게 대했다. 하나 둘씩 사라져가는 것이 섭리이거늘, 기다리다 차례표를 뽑듯이 그렇게 올 뿐이다.

괴팍한 성격에 식구들과 거의 의절하다시피 했던 막내 외삼촌은 아페리티프aperitif 자리에서 밉상스러운 언행으로 결국 식구들의 기대에 부응을 한다. 못된 성격은 죽음조차도 어찌하지 못하나 보다.

큰 이모님의 양로원 친구 할아버지도 오셨다. 1919년생이니 100세가 넘으셨다. 흥미진진한 세계 대전 경험담으로 좌중을 모두 흡입해 버리시는 에너지와 함께 아직도 젊은이 못지않은 기억력, 집중력에 놀라울 뿐이다.

남들과 다르게 노력하는 거라고는 춤추고 노래한 것밖에 없다 하시는데, 노래 한 수 부탁하니 서너 곡을 가사도 안 빠뜨리고 다 외워 부르신다. 테이블 먼 발치에서 자세히 관찰을 하니 불평 없이 적당히 드시는 '소식' 습관 또한 장수의 비결인 듯싶다. 욕심이 적은 자에게 자연이 내리는 혜택이다.

병마, 이별, 눈물, 회한 따위의 감정은 테이블 위에 펼쳐진 음식과 함께 사라지고, 모두들 다시 만날 날의 기약 없이 헤어지는 것도 노년의 인사법이다.

"오늘 찍은 가족사진이 아마도 함께 찍은 마지막 사진이겠지?"

조지가 덤덤하게 하는 한 마디에 가슴이 내려앉는다.

우리는 결국 죽음이라는 한 가지 결과만을 쥐고 살아가고 있다.

그 누구도 다른 카드를 가질 수 없다. 모두에게 공평하게 주어진 '지금'은 그래서 더욱 소중하다.

TIP

아페리티프aperitif(어원은 '연다'는 뜻)는 프랑스인들이 식전에 식욕과 소화 증진을 위해 마시는 술을 일컫는데, 술 자체보다 그 시간과 자리, 매너를 통칭한 단어라 보아도 된다. "우리 집에서 아페로 하자" 하면 그건 정식 식사 초대가 아니라 늦은 오후나 이른 저녁에 샴페인이나 칵테일, 맥주 등을 간단한 핑거 푸드와 함께 마시자는 뜻이다.

대부분 앉고 서서 자기소개와 대화로 진행되는 시간이다. 다양한 플레이트 위에 디자인도 다양하게 자그마한 사이즈로 만든 애피타이저들이 때로는 전식보다 더 흥미롭게 세팅된다.

이웃집 개 이야기며, 헤어스타일에 관한 시시콜콜한 대화부터 정치, 경제 등 시사에 관한 주제까지 끊임없이 대화를 이어가는 프랑스인들! 때로는 먹고 마시는 것보다 대화에 몰두해 에너지를 두 배는 더 쓰는 듯싶다. 그래서 프랑스인들이 대체적으로 날씬한 것도 같다.

∮

칼바도스 밀주 한 잔

"내일 지구의 종말이 오더라도 오늘 한 그루의 사과나무를 심으라."

17세기 네덜란드 철학자 스피노자의 명언 속 이 '사과'가 얼마나 인간의 삶 속에 깊숙이 뿌리를 내리고 있는지를 유럽에서, 그것도 프랑스 노르망디에 와서 알게 되었다.

한국에서와 다르게 이곳 유럽에서는 사과를 설탕에 조려 잼으로, 타르트 위에 얹어 디저트로, 버터에 구워 오리나 부뎅boudin(돼지 피로 만든 소시지, 우리나라의 순대와 비슷하다)과 함께 먹기도 한다. 발효를 시켜 사과 식초로, 사과 사이다로 사용하고, 오랜 시간 숙성을 시켜 칼바도스라는 증류주도 만든다. 사과나무 한 그루면 부엌에서 만들어낼 수 있는 먹거리가 한두 가지가 아니다. 그래서 이곳 노르망디에서 여러 과일 중 사과는 인간 삶에 꼭 필요한 과일 '제1번'이 아닐 수 없다.

조지의 외조부모님은 노르망디 내륙 깊숙한 곳에서 농사를 짓고 사셨다. 두 분 사이에 12형제가 태어났는데, 조지 말에 의하면 조부는 소금을 빼고는 돈을 주고 사 먹는 먹거리가 없을 정도로 자급자족을 하며 살았다고 한다. 소, 돼지, 닭 같은 가축 사육을 통해 우유, 치즈, 버터, 달걀과 때때로 육류를 얻어냈으며 채소나 웬만한 과일도 농작을 해서 열네 식구가 먹고살았으니 두 어르신이 얼마나 몸을 분주히 움직였을지 짐작조차 되지 않는다.

조지 말에 의하면 100세 가깝게 사시다 세상을 떠난 외할머님은 새벽 5시부터 시작된 하루 일과를 밤 11시나 되어야 끝을 내고 침대로 들어가는 순간에야 온전히 휴식을 취하실 수 있었다고 한다. 두 어른이 밭에서, 가축 우리에서, 바닷가에서 식구들 먹거리를 얻으려 하루 종일 뼈가 부서지도록 일을 하면 자식들은 큰 아이들 순으로 서로를 돌보며 알아서 컸을 것이다. 할머니가 직접 짜주시는 신선한 우유를 매일 아침 들이켜며 자라난 식구들은 뼈대가 튼튼하고 건강한 노르망디 사람이 되었다.

흑백 사진 속 외조부는 키가 훤칠하고 체격이 건장하셨는데, 조지가 할아버지를 닮은 듯하다. 호남형 할아버지는 식구들의 먹거리 농사 외에 부업으로 '칼바도스' 양조를 하셨다 한다. 본인이 마시기도 했지만 넉넉히 담가 사과 술을 즐기는 이웃 남정네들에게 소박한 가격에 나누어 약간의 용돈을 마련하셨던 거다. 그런 그의 부업도 장난기 넘치던 조지와 조지의 여동생 캐스린으로 인해 어느 여름날 종말을 맞이하고 말았다.

여름 방학이 되어 외가에 놀러 온 두 꼬마는 어른들이 일을 나간 사이 무료해지자 놀 거리를 찾아 집 안을 샅샅이 뒤지기 시작했다. 그러다가 헛간 돌담에 차곡차곡 쌓인 칼바도스 빈 병들이 눈에 들어온 것이다. 둘은 돌멩이를 주워 들고 누가 더 잘 맞혀 많이 깨부수나 게임을 했다고 하니…. 마지막 한 병이 깨지는 그 순간까지 둘은 멈추지 않고 남김 없이 깨부수고 말았다. 이 참담한 사건이 일어난 후 외조부는 심경에 무슨 변화가 있었는지 양조를 그만두셨다고 한다.

"외할아버지 살아계셨을 때 당신이 시집을 왔으면 할아버지가 담그신 10년산 칼바도스를 앞에 놓고 통성명을 했을 텐데 말이야! 할

아버지도 집안에 자신이 담근 술을 즐길 손자며느리가 생겨 아주 기쁘하셨을 거야!"

인간은 밀로 맥주를, 포도로 와인을, 사과로는 칼바도스를 아주 오랜 세월에 걸쳐 생명수처럼 여기며 양조를 해왔다.

고달프고 아픈 세상을 살며 가끔 그 상처에 끼얹는 술 한 잔은 절실하다. 그런 즐거움도 없이 어찌 세상을 '이성'으로만 헤쳐 나갈 수 있겠는가.

언젠가 조지와 조부의 묘지를 다녀오며 내가 말했다.

"조지, 내가 먼저 죽으면 묻거나 묘지를 만들 생각은 하지 마. 난 답답한 땅속 관에 갇혀 죽어서도 땅을 차지하고 썩어가고 싶지 않아. 게다가 아이들이 때만 되면 찾아와야만 할 것 같은 의무감도, 어차피 시들 꽃을 사러 신경을 쓰는 것도 모두 다 내가 원하는 건 아니야. 그 대신 화장을 해서 작고 예쁜 도기병 세 개에 조금씩 나눠 담아 아이들에게 주고, 그런 뒤 나머지는 사과나무 아래 뿌려줘. 나무는 내가 지정해 줄 테니까! 결국 난 당신이 좋아하는 애플 타르트가 되어 당신을 다시 만날 거야."

∮
∫

타인의 아픔

아이들과 헤어져 돌아온 파리 동역Gare de l'Est.

독일 하이델베르크에서 파리까지 네 시간 정도 소요된 여행이었다.

이렇게 별 큰일이 없으면 한 달에 한 번 아이들을 보러 주말 여행을 한다.

옆에 두고도 그리운 아이들의 얼굴을 그 '문' 뒤로 들여보내고 돌아서 기차역으로 가는 마음은 형언할 수 없는 아픔으로 짐 가방처럼 무겁다.

기차 안에서 울어 눈물 범벅이 된 얼굴로 차창만 바라보다 도착하면 슬픔이 걷히지 않은 희미한 눈으로 누군가를 찾는다.

플랫폼 저 끝에 낯익은 모습의 키가 큰 사내가 날 기다리고 서 있다.

옷의 두께나 재질이 변했을 뿐, 늘 똑같은 스타일의 그.

평범한 셔츠에 헐렁한 진 바지에 스니커즈.

난 최대한 천천히 그를 향해 걷는다.

걷는 걸음 걸음 속에 역을 배경으로 서 있는 그를 프레임에 넣어 본다.

'이 시간은 영원해야 해. 그렇게 오래도록 우리 인생에 기억되어 야 해!'

그렇게 다가가면 그는 내 볼에 입을 맞추며 다정히 안아주고 내 손 에서 얼른 짐을 뺏어 든다.

이렇게 7년이 다 되도록 그의 마중은 빼먹지 않고 계속된다.

"배고프지 않아? 뭐 좀 먹으러 갈까?"

그가 말없는 나를 옆에 두고 콧노래를 부르며 데리고 간 곳은 집에 서 멀지 않은 곳에 있는 전통 깊은 해물 레스토랑이다.

그는 늘 그렇듯 나를 위해 소비뇽 블랑 한 잔과 굴을 시킨다.

이미 밤 10시가 가까운 시간, 이미 저녁 식사를 마치고 마중을 나온 터라 순전히 나의 기분을 위해 그가 내게 베푸는 그런 시간이다.

언젠가부터 우리에게는 말없이 이루어지는 '작은 의식'이 되었다.

그는 굴을 먹지 않는다.

앞에 앉자 내가 먹는 모습을 싱글거리며 바라보면서 와인 한 잔을 홀짝일 뿐이다.

향기로운 화이트 와인도 내가 좋아하는 굴도 아니다.

내 아픈 가슴을 치유해 주는 것은…

타인의 아픔을 안아 다독여주는 그의 너그러운 사랑.

⚜
∫

드러나지 않는 선행을 행하는 자들에게

크리스마스는 무대 위의 주인공들이 아닌 무대 뒤의 사람들을 위한 시간이 되면 좋겠다.

조지와 내가 맞는 다섯 번의 크리스마스 중 세 번은 노르망디에서 조지의 식구들과 점심, 저녁을 보냈다. 이들과 크리스마스를 보내던 첫해의 일이다. 손님으로 초대된 이들을 위해 집주인은 식사부터 설거지까지를 온전히 홀로 해낸다.

그때도 이미 칠십 나이에 소 같은 마르셀 이모님은 그 많은 식구들의 식사와 마감을 혼자 해냈다. 보다 못한 내가 테이블에서 그릇과 잔들을 걷어 설거지를 도왔다.

프랑스식 예절은 손님은 손님으로 테이블에서 우아하게 먹고 '메르시' 하고 가면 그만이다.

손님이고 뭐고 나이 드신 어른 혼자 큰일을 쳐내는데 젊은이가 궁둥이 붙이고 앉아 있자니 마음이 너무 불편했다. 동방예의지국에서 온 코리안 며느리는 가만히 있을 수가 없었다.

어느덧 5년이라는 세월이 흘러 이제는 집안 돌아가는 풍경이 많이 바뀌었다. 어른들이 더 나이 드시기도 했지만 코리안 조카 며느리가 영향을 준 것이다. 어른이 해주는 대로 앉아서 먹고 즐기던 젊은이들이 궁둥이를 떼고 거들기 시작했다. 특히 델핀은 엄마인 마르셀 이모님이 하는 일 대부분을 이제 도맡아 한다. 난 자리에 꼼짝 말고 앉아 있으라는 식구들의 명에 아랑곳하지 않고 식사가 끝나 어수선한 테이블에서 와인 잔에 물잔, 커피 잔, 찻잔, 디저트 접시들을 들고 부엌으로 갔다. 아니나 다를까, 델핀 혼자서 외로운 설거지를 하고 있다. 내가 씻을 테니 거두어 정리하라 하며 둘이 협업으로 30분 넘게 걸릴 일을 10분 만에 끝냈다. 델핀도 누군가가 함께해 좋은지 콧노래를 부르며 마른행주로 잔들을 닦는다.

그간 함께한 몇 년 동안 그녀와의 관계는 누구보다 진해졌다. 부엌에서 누구도 원치 않는 뒤치다꺼리를 함께하며 쌓인 우정이라고나 할까? 그녀가 엄마를 대신해 조카들의 접시에 음식을 덜어주며 챙기는 모습을 바라본다. 참으로 아름다운 모습이다.

'드러나지 않는 선행을 하는 자'는 속이 깊고 영혼이 맑다. 크리스마스 날이니 누군가를 위해 숨어서 희생을 자청한 숭고한 영혼들에게 특별히 박수를 보내고 싶다.

세상은 이런 등대지기들에 의해 오늘도 무탈하게 돌고 돈다.

음식에 깃든 정

오늘 아들들에게 처음으로 김치를 넣어 볶음밥을 해 먹였다. 요즘 부쩍 김치에 맛을 들인 두 녀석에게 김치의 강인한 '민족 정서'를 핏속 깊이 들여놓을 참이다.

먹다 남은 백김치를 썰어 양파와 치킨 소시지, 달걀을 넣어 볶다 참기름, 김 가루를 뿌려내니 감칠맛이 기막히다. 아이들에게 들이대니 섞고 볶는 음식을 싫어하는 아이들의 인상이 굳어진다. 하지만 한 입 넣어주니… 깍두기까지 얹어 꿀꺽꿀꺽!

아이들이 잘 먹는 모습을 바라보는 엄마의 맘속엔 세레나데가 흐른다.

"Life is beautiful!"

지난번 이사 때 어머니의 오랜 청소 도우미 애니의 활약이 대단했다. 애니의 청소 도우미 예약을 아버님께 부탁하고 몇 시간 있다 예약을 컨펌해 주시는 아버님의 전화.

"Jiwon, Annie will be there tuesday and she work all day without break time! Which means she does not eat lunch!(지원, 애니가 화요일에 거기로 갈 거야. 쉬는 시간 없이 종일 일할 거고. 점심을 안 먹는다는 의미지!)"

전에도 가끔 와서 대청소를 해주었지만 몇 번 식사나 샌드위치를 권해도 먹는 법이 없었다. 이사하는 날 오전에 펜네 종류의 쇼트 파스타를 큰 냄비에 털어 넣고 앤초비, 튜너, 올리브 따위도 마구 넣어 그야말로 대짜 양푼으로 한가득 파스타를 해놨다. 도우러 오는 친구나 누구든 배고프면 떠먹도록 말이다.

그날도 애니에게 식사를 권하니 변함없이 "No Merci!"

이번에는 나도 포기할 수 없었다.

"Annie if you do not come here and eat, You can't work for me anymore. We are all here only for any reason but for eating!!(애니,

다 먹고살자고 하는 거니 와서 같이 식사해요. 안 그러면 앞으로 나랑 일 못 해요!)"

'다 먹고살자고 하는 일'. 이 한마디에 애니의 40년 넘는 철칙이 무너지고 말았다. 이런 단순하며 진실한 말 한마디는 동서고금을 막론하고 통하는 법이다.

조지가 돌아왔기에 이 에피소드를 전하자 그의 눈이 휘둥그레진다.

"Annie really ate while working? I saw her almost 40 years Never saw having meal in the working place! You finally made her to eat!(애니가 음식을 먹었다고? 내가 40년 가까이 그녀를 봐왔는데 일하는 중간에 먹는 일은 없었어. 당신이 결국 그녀를 먹게 했구나!)"

"Yes! Not only eating. We become closer to each other!(그럼, 먹은 것뿐 아니라 우리는 좀 더 가까워졌지!)"

세상 보시 중 먹보시가 최고라 한다. 누군가를 위해 밥을 짓고 먹거리를 나누는 일상, 그런 삶을 즐기고 사랑하며 감사하는 맘은 고귀하고 아름다운 한 편의 시와 같다.

⚜

∫

you_and_me

비 오는 날 언덕 위 시푸드 레스토랑에서 나는 화이트 와인 한 잔 반에 굴과 소라, 조지는 숭어란이 들어간 랍스터 샌드위치를 먹었다.

20분 정도 걸어 집에 들어오니 뭔가 식사가 끝나지 않은 듯한 기분에(모자란 알코올 기운도…) 전에 쓰고 남겨둔 돼지 갈비 두 쪽 넣고 아끼던 양배추 김치 넣고 김치찌개를 끓였다. 나는 찌개에 정종을, 그는 오는 길에 사 온 피치 타르트와 딸기 타르트를 루이보스 차에 먹는다.

먹던 햄과 치즈가 많이 남으면 가끔 피자를 만드는데 반쪽에 케이퍼로 선을 그어 한쪽은 나를 위한 포크 햄, 다른 쪽은 조지를 위한 닭 가슴살 햄을 얹어 구웠다. 치킨 햄이 좀 많아 선을 넘어왔다.

우린 달라도 이렇게 다르다.

그는 밤잠을 설치며 'Game of throne' 게임을 기다리고, 난 빗소리에 센티해져 얼마 전 페이스북 친구 때문에 다시 듣기 시작한 루돌프 부흐빈더의 베토벤을 듣느라 밤잠을 놓친다.

달라서 싫을 수도, 그래서 힘든 것도 있으며 때로 재미나고 새롭기도 하고 그렇지 않기도 하다. 부부라는 것이 그런 것 같다. 특별한 답을 찾기보다는 그 안에서 놀아본다. 서로 다른 것을 이해하고 그것을 보듬고 그 안에서 평화를 찾다 보면 똑같은 실수를 다르게 반복하는 어리석음을 이겨내게 된다. 세월 덕분에 서로 동무가 되어 싸우고 지쳐도 괜찮은 관계다.

저녁을 먹은 후 영화를 보는 동안 그가 드러누워 뻗은 내 발을 주무른다. 노곤하고 낙낙한 기분에 솔솔 잠이 온다. 귓가에 탈무드의 구절을 읊는 그의 목소리, 이 세상이 가져다준 온갖 시름을 다소곳이 내려놓는다.

"All the blessing come from your wife. Treat her like a princess. (아내는 남편을 성심을 다해 보양하고 남편은 아내를 보물처럼 귀히 여기라.)"

삶을 위한 레시피

신데렐라의 손맛

휴게소에서 커다란 스펀지를 발견하고 대단한 무엇이라도 찾은 양 즐거워하는 나를 조지가 의문에 가득 찬 표정으로 쳐다본다.

"바닥 청소를 이걸로 하면 걸레보다 훨씬 효율적이겠어! 머리카락이나 먼지도 쉽게 흡수 처리되고 닦고 나서 더러워져도 빨기도 쉽고."

예전 한국에서는 혼자 살 때조차 일주일에 한두 번 청소 도우미에게 도움을 받았다. 사실 진두지휘하는 일 빼면 모든 일이 남의 손에 의해 해결되었던 생활이었다. 그 습관 그대로 아이를 낳은 후에도 유모한테 맡기고는 일하느라, 사람들 만나느라 바쁜 생활을 보내다 전남편과 다툰 일이 한두 번이 아니다.

"남의 손에 맡겨 기르려고 애를 낳은 것이 아니잖아?"

그 시절 내 주변에 결혼하고 애 엄마 된 친구들 대부분의 일상이 그런지라 남편의 불평을 이해할 수가 없었다. 예쁘게 차려입고 삼삼오오 모여 서울의 잘나가는 거리의 한낮 카페에서 식사하고 커피 마시는 주부들 중 한 명이 바로 지난 내 모습이었다.

그런 생활 습관이 몸에 밴 채 루카를 안고 유럽으로 왔다.

하나부터 열까지 내가 해내야 하는 일의 쓰나미! 집 안 청소, 빨래, 정리, 장보기, 식사 준비, 설거지…. 24시간 내내 돌도 안 지난 아이와의 씨름, 그래도 부엌일은 즐기는 편이었는데 오늘이나 내일이나 창의력이란 조금도 필요 없는 청소는 죽어도 하기 싫었다. 청소는 내 전공 분야가 아니라고 굳게 믿었다. 그런데 시간이 흐를수록 남에게 맡기는 것도 맘이 편치 않아졌다. 개인적 공간이 타인에게 낱낱이 공개되는 것이 불편해져 갔고 별다르게 바쁜 사회생활을 하는 것도 아니니 할 수 있는 건 뭐든지 육신 멀쩡한 내 손으로 해야 하는 게 아닌가 하는 양심의 울림 때문이었다. 알게 모르게 10년 가까이 살며 유럽 여성들의 근면하고 검소하며 신실한 삶의 태도에 느낀 바와 영향도 일조했다.

암스테르담에서 살 때 렌트를 위해 다른 집에 방문할 때면 언제 어느 순간 들이닥칠지 모르는 상황에서도 항상 말끔하고 청결히 정돈되어 있는 집 안 모습에 놀라곤 했다. 넘치지 않게 꼭 필요한 물건들이 흐트러짐 없이 간결하게 정돈되어 있는 집 안. 옷장 문을 열면 많지 않은 옷과 구두 몇 켤레가 단아하게 자리하고 있었다. 부엌 싱크대 위에는 마시다 말고 나간 커피 잔 정도의 흔적뿐 말끔히 정리되어 언제라도 기분 좋게 요리를 시작할 수 있을 듯했다. 날 좋은 봄날이면 집 안은 물론이고 울타리와 대문마저도 깨끗하게 비눗물 청소를 하는 안주인들과 자주 부딪혔다. 얼굴엔 짙은 화장기 대신 사과처럼 붉은 자연스러운 화색이 돌고 하이힐과 유행 패션 모드 대신 운동화와 에코 백 차림, 자전거 타기로 단련된 근육질의 팔과 다리가 눈에 들어온다.

하이델베르크에 살 때 윗집의 아기 엄마는 남편이 상당한 규모의 청과물 도매 시장을 소유한 부자였는데도 거의 모든 집안일을 도맡아 했다. 가끔 울 소재의 슈트를 세탁소에 맡기려 들고 나가는 모습이 눈에 띄곤 했다. 내조도 일종의 직업과 다를 바 없다고 생각하는 그들은 살림 역시 직장 생활처럼 책임감을 갖고 프로페셔널하게 하고자 최선을 다한다. 매일 시간을 어떻게 활용할지 스케줄 북에 빼

곡히 적어 넣고 대부분 가계부를 썼다. 스케줄 꽉 찬 살림에 육아까지 하느라 바쁜 그녀와 커피 한 잔이라도 하려면 2주 전에 예약을 해야 했다.

이제 나도 미장원에 안 간 지 수년째, 혼자 머리 자르고 염색도 가끔 오가닉 염색제를 사다가 직접 해결한다. 매니큐어는 아예 안 칠한 지 오래다. 손톱 자르고 간단한 손질이면 그만이다. 식구들 식사를 준비하는 손에 유해 물질을 바르는 것이 영 맘에 내키지 않는 것이 이유다. 여름이면 샌들 속 맨발이 민망해 발톱만 스스로 칠한다. 내 육신에 들이는 비용은 가끔 약국이나 바이오 숍에서 사는 경제적 가격의 화장품, 운동장 회원비가 전부다.

그렇게 10여 년 지내다 보니 손이나 얼굴의 피부가 거칠어지고 주근깨투성이다. 가끔 한국에서 오는 친구들의 도자기같이 하얗고 매끄러운 피부를 보면 부럽기도 하다.

지난여름, 오랜만에 오셨던 엄마가 망가진 내 손을 물끄러미 관찰하며 말씀하셨다.

"그렇게 예쁘던 손이 이렇게 망가졌냐! 아이구 속상해라."

그래, 그랬었지. 물 한 방울 안 묻혔었지…. 그런데 자꾸 봐도 난 이 손이 밉지 않다. 삼사만 원씩 들여가며 손톱에 유해 물질을 바르고

치장에 정신없던 그 시절, 그 화려한 손보다 마디와 핏줄이 붉어진 이 손을 진정코 사랑한다.

세상 어느 도구보다 예민하고 민첩하면서 효율적인 이 손을 아껴 무엇에 쓰겠는가?

쭈그리고 앉아 청소하다가도 남편 퇴근 30 분 전, 붉은 립스틱에 스모키 메이크업, 블랙 미니 드레스에 킬링 힐도 신어본다. 변신녀 신데렐라가 되어 부리나케 저녁상을 차리러 냉장고를 연다. 많이 써서 거칠어진 손으로 '손맛' 요술을 부릴 시간이다.

닭죽 한 그릇

조지와 밤새 다툰 내용을 시부모께 말했다. 고자질 아닌 팩트만 전달했는데, 역시 팔은 안으로 굽더라. 네 개의 파란 눈이 나를 또랑또랑 쳐다본다. 두 개의 까만 눈 며느리를 뭐라 꾸중하지는 않으시지만 무조건 "조지는 모르고 그런 거다", "절대 그럴 남자 사람 아니다"라며 두둔하신다.

아무리 좋은 양반들도 아들 흉은 덮어서 꾸러미로 싸서 지하 창고에나 감추고(되도록 금 보자기에 싸서 말이다) 싶어 하시는 것을 보면 사람 사는 세상은 어디나 다 같나 보다. 너무 친근하다고 시어른들의 '시' 자를 잊고 '경거망설'한 나를 스스로 쥐어박으며 더더욱 고향이, 가족이, 내 편이 그리워졌다.

　오페라 거리 케이마트Kmart에서 장 봐 온 냉동 굴을 녹여 어리굴젓을 담그고 김장은 못 할망정 양배추 섞어 대충 멋대로 파김치를 담갔다. 해물 파스타를 해 먹고 남은 오징어 다리와 머리로 생오징어 젓갈도 만들었다. 앞으로 감미료 많이 들어간 젓갈 안 사고 되도록 직접 담가 먹어볼 생각이다. 그 맛의 차이가 기대된다.
　사놓은 생강도 내친 김에 꿀에 재워 식초에 담그고, 매운 태국 고추는 간장 초절임하고, 조개젓 담그고, 절임 음식 병 캔을 늘어놓고 보니 월동 준비라도 한 듯 뿌듯한 기분에 만석꾼 창고가 안 부럽다.
　프랑스 음식, 이탈리아 음식 이런 거 너무 좋아할 것 없다. 매일 기름기 가득한 밀가루 국수를 소스에 버무려 먹고, 찬 겨울에 목에서도 성성한 차가운 채소 샐러드나 먹다 보면 구수한 누룽지에 잘 익어 냄새도 황홀한 김장 김치 척척 얹어 먹거나 어리굴젓에 따끈한 밥 한 그릇이 간절하다. 겨울에는 특히 생강, 파, 마늘, 고추 등을 상용한다. 이것들이 강장에 좋고 많이 먹으면 감기 따위에 안 걸린다.

　오랫동안 푸욱 끓인 미역국이 먹고 싶었다. 몸에 요오드가 부족하면 갑상샘이 부어 오르고 그렇게 몸이 미역국을 먹을 때가 됐다고 자동적으로 신호를 보낸다. 혼자 먹으려 큰 솥을 꺼내기도, 한참 동안 불을 때기도 뭐해 참았지만 생각해 보니 결정적으로 미역이 없었다. 하이델베르크에 도착해 장을 보러 중국 슈퍼에 갔다(유럽에는 그나마 중국 슈퍼가 곳곳에 있어 동양 식자재를 구입하는 것이 그럭저럭 해결된다). 세상에나! '오뚜기표 잘게 썬 미역'이 있어 얼른 사 들고 왔다. 오가닉 슈퍼에서 산 큼직한 닭다리 세 개에 양파와 당근 그리고 미역을 넣어 '내 맘대로' 미역국을 끓였다. 아이들에게 이 것저것 해 먹이고 긴 하루에 지쳐 입맛도 피곤한지, 밥 반 숟가락이나 국에 말았나? 나 혼자 먹으려 국 한 솥을 끓인 셈인데 괜히 미안한 맘이 든다. 미련스러워 후회를 하며 마시려고 딴 레드 와인을 한 잔도 못 마시고 코르크 마개를 꾸욱 누른 밤이었다.

자리에 누워서도 떠오르는 걱정, 큰 솥 하나 끓인 미역국을 다 어쩌나? 다음 날 점심때 재탕으로 한참을 끓이니 그야말로 진국이 된 국물에 찬밥을 넣어 닭죽을 만들었다. 안 먹겠다는 지안로의 입에 무턱대고 밀어 넣어본다. 맛을 본 후에 어찌나 맛나게 먹던지! 아들 내미가 맛나게 먹는 모습을 보니 으깨 넣은 당근의 오렌지빛 색감이 마구 피어오르며 붉은 숲의 정열 같은 기쁨이 마구 솟아오른다. 축구 레슨에서 돌아온 루카와 큰 대접에 김치를 썰어 함께 먹었는데 김치를 어찌나 잘 먹는지! 내 맘속 단풍은 더더욱 붉게 물든다. 아름다운 11월의 마지막을 기쁜 마음으로 보내고 있다.

어미의 절절한 닭죽 한 그릇, 이런 걸 두고 '소울 푸드soul food'라 하나 보다.

TIP

보통 미역국은 소고기나 해물을 넣고 끓이는데 난 닭고기를 넣은 미역국을 자주 끓여 먹는다. 닭 한 마리를 통째 넣고 끓일 때도 있고 다리나 가슴 부위 등의 고기만 넣고 끓일 때도 있다. 미역만 넣지 않고 당근이나 양파나 릭leek, 서양 대파를 넣어 끓이기도 한다. 소고기 미역국과 다르게 깔끔한 맛이 나쁘지 않다. 국물을 우려낸 뒤 고기를 꺼내어 찢어서 참기름, 간장, 깨소금, 다진 파 등을 넣어 버무려 고명으로 올리면 보기에도 먹음직스러운 닭 미역국이 완성된다.

비효율적인 삶

양배추 김치를 담그려 마늘을 한 30분 깠나 보다. 전에는 갈아서 냉동한 걸 사서 썼는데 갈수록 쉬운 방법을 선택하는 게 오히려 불편해진다. 마늘 껍질을 잔뜩 까놓으니 색이며 모양이 그렇게 예쁠 수가 없다. 양배추는 일부러 숭숭 불규칙하게 썬다. 너무 자로 잰 듯 예쁘게 반듯이 써는 것보단 살짝 못난 듯 구성지게 써는 게 더 맛나게 느껴지기 때문이다. 양배추 켜가 갈리며 속이 나오니 마치 꽃봉오리가 터지듯 탐스럽다. 소금을 툭툭 뿌려 재다가 속 안의 꼬들꼬들한 잎사귀를 맛보니 너무나 고소하다.

모든 근원에는 운명이 있으며 소명이 있기 마련이다. 유기체의 오

184

묘한 대화가 느껴지는 순간이다.

"This bread was for the poor who can't buy a white flour.(이런 빵은 흰 빵을 살 수 없는 가난한 사람들이 사던 거였어.)"

잡곡빵만 보면 조지는 이 한마디를 했다. 날 만나기 전까지 그는 흰 토스트, 흰 바게트, 크루아상만 먹었단다. 어느 날 검은 빵을 구워서 주니 "난 새가 아니라고" 말하던 그가 잡곡빵을 천천히 꼭꼭 씹어 먹기까지 또 긴 시간이 지났다.

쉽고 편안하고 정제된 것만 선택하는 삶. 과연 그 속에서 꼼꼼히 현재에 존재하며 숨 쉬고 감사할 수 있을까? 속도를 늦추고 양을 줄이며 조금은 비효율적인 삶을 생각해 볼 때가 온 듯싶다.

∯

∫

포르토에서의 추억

포르토에서의 마지막 날 오후 바닷가 산책에서 한 줄기 꺾어 온 바다 선인장을 조그만 화분에 가지 꽂이 해 바닷가에서 주워 온 돌로 눌러놓았다. 전에 그리스 로도스에서 꺾어 온 선인장도 가지 꽂이 해서 제법 근사하게 길렀었다. 수수한 쇼핑 아이템과 수집물을 늘어놓고 여행의 순간순간을 더듬어본다.

바구니 같은 수공 제품을 파는 곳에서 평평하고 넓적한 바구니를 발견했다. 유럽에서는 보기 드문 형태여서 이 사람들은 이걸 어디에 쓰는지 궁금하다. 예전 어른들이 잔치 때면 엄청나게 많은 양의 전을 광주리에 널어 놓으면 오가며 집어 먹던 기억이 나서 보자마자 사고 말았다. 언제 그렇게 많이 부쳐 광주리째 푸짐하게 담아놓고 친구들 불러 함께 고향 생각하며 한 잔 나누고프다. 이렇게 타지 생활에서는 아주 작은 삶의 조각과 모티브들이 모여 늘 향수를 달래준다.

산티아고에서 산 가리비 표식(옛날 성지 순례 기사들끼리 통하던 비밀 표시이다. 성 자크St. Jacques의 상징으로 가리비 껍데기를 쓴 데서 유래했다)이 있는 올리브 나무 묵주, 파티마, 산티아고, 포르토에서 주어 들고 온 돌멩이들. 언젠가부터 새로운 곳을 가면 돌을 주워 온다. 갔던 곳에서 가져온 돌들을 화분 여기저기에 올려놓았는데 화분 흙 위를 돌로 눌러놓으면 수분 증발이 더뎌 식물이 덜 건조해진다. 산티아고 대예배당 뒷마당에 떨어진 도토리는 신자나 어려움을 겪는 친구들에게 한 알씩 주려고 주워 왔다. 성지의 신비가 온통 도토리에 담겨 있는 듯 어찌나 예쁜지 한참 모았다. 성지 화단에서 꺾인 나뭇가지를 가져와 꽃병에 꽂아본다. 이런 것들이 대부분 나의 기념품 리스트이다. 이미 나의 기행에 익숙한 조지는 묵묵히 돌덩이와 선인장 따위로 묵직해진 바구니를 들고 공항 검열대를 통과한다.

포르토 최고의 음식은 파스테이시 데 바칼라pasteis de bacalhau로, 절인 대구 살을 으깬 감자에 섞어 맛을 낸 후 달걀, 파슬리, 양파를 다져 넣고 튀김옷과 빵가루를 묻혀 크로켓처럼 튀겨낸다. 튀긴 음식 먹는 걸 자제하는 편이지만 여행지에서 부릴 수 있는 호사가 바로 평소 제한된 리스트를 먹을 수 있도록 나를 살짝 풀어놓는 것이다. 그렇다고 너무 심하게 많이 허리춤을 늦추면 돌아가 여행의 피로에 다이어트의 부담까지 가중되니 통상 1킬로그램 정도만 허용하도록 한다. 주로 염장 대구를 많이 쓰는데 감칠맛이 그만이다.

예전에 우리나라에서는 크로켓을 '고로케'라고 불렀는데, 프랑스 음식 크로켓croquette이 일본식 발음으로 바뀌어 우리나라에 들어왔기 때문이라고 한다. 이 레시피의 진짜 원조가 포르투인지 모르겠으나 내 입맛에 딱 맞는 것이 우리나라 크로켓은 프랑스 것보다 포르투갈이 원조 아닌가 싶다.

단것을 싫어했던 나는 어릴 때에도 옛날 빵집의 단팥빵이나 크림빵보다 크로켓을 선호했다. 그 옛날 그 '고로케' 맛을 먼 나라 포르투갈에서 만나니 무조건 엄지 척이 올라간다.

튀김처럼 고지방 음식을 먹을 때는 레몬즙을 음식에 직접 뿌리거나 음료에 타서 먹는다. 레몬이 없으면 발사믹 식초를 달라고 해서 찍어 먹기도 한다. 이것은 튀긴 음식을 먹는 나만의 방법인데 식초

성분이 기름기 제거와 소화는 물론이고 맛을 깔끔하게 하는 데도 도움이 된다.

크로켓 외에도 절인 대구를 감자 요리와 함께 먹는 디시, 절인 대구를 넣어 끓인 해물탕, 해물 리소토, 해물 파이 등 바칼라우를 활용한 요리가 내게는 입맛 저격이었다. 아마도 우리 입맛에 익숙한 굴비같이 염장 생선이 주는 묘한 감칠맛과 꿀꿀한 풍미 때문일 것이다. 전반적으로 포르투갈의 음식이 스페인 음식보다는 우리의 입맛에 더 잘 맞는 것 같다.

음식뿐만 아니라 사람들도 표정이 매우 순박하고 선하며 친절하다. 이탤리언이나 스패니시들에게서 느끼는 소화하기 부담스러운 정열적인 화려함이나 번지르르함이 덜한, 수수한 그 무엇이 문화뿐만 아니라 사람들 자체에서 느껴진다. 이것이 포르투갈의 매력이다. 산과 언덕, 강 하구와 바다 등 지리적 다양성과 함께 온화한 기후까지 갖추었으니 포루토는 단연코 유럽에서 살고픈 도시 중 다섯 손가락 안에 든다.

여행길에도 내 집처럼, 내 집밥으로

여행의 화룡정점은 철커덕, 문 여는 소리와 함께 '이래도 저래도 내 집이 최고야!'라는 생각이 스치는 그 순간이다.

집이란 어디에 있든, 크든 작든 내 몸, 짐을 풀고, 빨래도 하고, 먹고 싶은 걸 해 먹고 다정하게 익숙한 물건들에 둘러싸여 작은 불편함이 없이 편히 쉴 수 있는 곳이다. 몸뿐 아니라 나의 정신과 영혼을 풀어 놓고 쉴 수 있는 그런 곳이 바로 '집'이다.

다행히 냉장고에 채소며 남기고 간 재료들이 있어 허겁지겁 장을 보러 가지 않아도 됐다. 대충 냉장고 비우기 작전으로 점심을 한다. 아스파라거스 크림소스로 라비올리를, 사다 놓은 지 오래된 석류를 넣어 샐러드를 만든다. 집밥은 오래된 내 담요처럼 포근하고 따스하게 속을 어루만져준다.

그래서 여행을 떠날 때도 숙소 선택을 간이 부엌이 딸린 스타일의 에어비앤비나 레지던스 스타일의 호텔을 예약해서 하루 한 끼는 내 음식으로 해결을 하려고 애쓰는 편이다. 먹고사는 일이 줄 이은 외식으로 흐트러지지 않도록 몇 가지 주요 양념을 준비해 간다.

디자이너 시절에 많은 일을 함께했던 나의 영원한 멘토 '김영주' 작가님에게 오랜만에 연락을 했다. 예전에는 〈마리 끌레르〉, 〈엘르〉 등 패션 매거진의 편집장 생활을 오래 하신 분이다. 늘 현명하며 진지하나, 지루하지 않게 유머로 좌중을 흐뭇하게 이끄는 멋쟁이. 그녀는 내 30대에 만난 인연 중 최고의 인생 선배이다.

현재는 전업 여행 작가로 활동 중이다. 10여 년 전, 당시로는 드물게 그녀는 '머무는 여행'에 관한 글을 썼다. 깃발 부대처럼 여행지 이곳저곳을 꽂고 다니는 것이 아니라 최대한 현지인처럼 천천히 호흡을 고르며 마음으로 체험하는 여행 말이다. 남보다 훨씬 이른 노후 대책으로 '여행 작가'라는 현안을 세운 그녀의 범상치 않음에 다시한번 자극을 받았었다.

"이제 정말 내가 인생에서 제일로 하고 싶은 것을 하며 글쟁이로 보낼 두 가지를 하나로 엮어 그 길을 가기로 했어요."

그것이 바로 그녀가 직장 생활 동안 그리도 동경하던, 출장이 아닌 자유로운 여행과 그것을 기억으로 남기고 공유하도록 글과 사진으로 풀어내는 삶이었다. 지난 10여 년 넘게 써온 책이 이제는 시리즈로 9권까지 나오고 보니 '김영주식 여행'의 팬들도 쌓여간다고 한다.

'머무는 여행'을 떠날 때 먹거리로 무엇을 챙기는지, 현지에서 식생활은 어떻게 해결하는지 전부터 궁금했었다. 자타가 공인하는 실력가 편집장이니 여행을 갈 때 얼마나 철저한 사전 스터디를 하겠는가? 그러나 나의 생각과 달리 그녀의 준비는 의외로 간단했다.

"나는 짐을 단출하게 하는 것이 최대의 목적이라 되도록 거의 현지에서 조달해 먹어요. 그런데 그 와중에도 챙겨 가는 게 바로 참기름과 간장. 참기름은 묘하게 한국 음식이 생각날 때 여기저기 넣어 먹으면 대충 아쉬움이 해결되더라고요."

그리고 덧붙였다.

"여행을 가면 짐을 풀고 제일 설레는 시간이 장을 보러 동네 마켓이나 슈퍼를 가는 거지요. 지역의 특성이 보이는 빵을 사고 채소나 과일 코너를 보면서 여행에 대한 기대를 잔뜩 부풀리는 거예요. 최대한 많이 현지 음식을 체험하고자 해요. 그다음으로 기다려지는 시간은 바로 아침 식사 시간이에요. 주로 에어비앤비를 예약하기 때문에 주인들이 손수 준비한 소박하고 정성스런 아침을 모르는 이들과 둘러앉아 먹는 재미! 바로 여행의 시작을 알리는 거예요."

　그녀의 이야기를 듣고 나서 만약 나의 양념 가방(올리브 오일, 참기름, 소금, 후추, 고춧가루, 쌈장, 간장, 발사믹 식초, 사과 식초, 커리 가루, 수제 매운 소스 등을 작은 병이나 통에 조금씩 넣어 여행 갈 때마다 들고 가는 가방)에서 한두 가지만 고른다면… 하고 고민을 해 본다. 난 단연코 매운 수제 소스가 1번이다. 이것은 음식을 해 먹지 않을 단거리 여행에도 잊지 않고 챙긴다. 매운맛이 청양고추의 다섯 배에 가까운 오렌지빛의 납작한 하바네로 고추에 올리브 오일과 식초, 간장, 피시 소스와 레몬 주스, 고수 등을 넣어 갈아 만드는데 여행지에서의 느끼한 입맛을 개운하게 해결해 준다.

　어디를 갈지, 잘 곳은 어떨지, 기후는? 그보다 늘 가장 큰 관심과 고민거리가 '무엇을 먹게 될까?'에 달려 있다. 여행 중에는 잘 먹고 잘 자서 면역력을 키우고 활력 있게 컨디션을 유지하는 것이 무엇보다 중요하다. 아무리 좋은 곳을 가도 아프거나 몸이 불편하면 안 온 것만 못하니 자신의 식습관과 현지 음식에 대한 스터디를 어느 정도 마친 후 대처할 양념이나 소스 등을 챙겨 가는 것도 나쁘지 않은 방법이다.

TIP

매운 소스 레시피 & 활용법

나가 졸로키아, 부트 졸키라와 같이 세계에서 매운 등급 최고 수준을 자랑하는 인도산이나 방글라데시산 고추를 파리의 인도인 식품점에서 때때로 구입해 만든다. 국내에서 구입하기 어려우니 청양고추나 그 외 매운맛이 강한 고추를 사용해도 좋다. 강한 매운맛이 싫은 경우에는 맵지 않은 고추와 원하는 비율을 맞추어 섞어도 좋다.

깨끗이 씻은 고추에 마늘과 양파를 향이나 맛을 낼 정도로 적게 넣는다. 고수나 파슬리 같은 허브를 넣기도 한다. 레몬이나 라임즙을 넣는데 대용으로 발사믹 식초나 기호에 맞는 천연 식초를 넣어도 된다. 이는 매운맛과 신맛의 조화를 위해 넣기도 하지만 장기 보관에도 도움이 된다. 소금과 약간의 간장이나 피시 소스로 간을 맞춘다. 이렇게 합한 재료를 믹서에 간다. 마지막으로 올리브 오일을 적당량 넣어 섞는다. 올리브 오일은 선택 사항이라 생략해도 되지만, 나는 오래도록 보관하기에도 좋고 매운맛을 오일이 부드럽게 순화시켜서 선호한다.

보통 음식을 만들 때 미리 매운맛을 잡는데 우리 집의 경우 남편이

매운 음식을 전혀 먹지 못해 모든 음식을 순한 맛으로 간을 한 후
각자 개인 접시에 덜어 먹을 때 소스를 곁들여 매운맛을 즐긴다.
이 소스는 고추장처럼 텁텁하거나 진득한 맛이 없고 가벼우면서도
매워 싫증이 나지 않고 의외로 어느 국적의 음식에나 잘 어울린다.

힘든 계절을 이겨내는 손쉬운 방법들

가을의 운치가 깊어가는 11월이다. 일조량이 극심하게 줄어 이유 없이 우울하고 심란한 마음. 평정을 찾을 방법을 나름대로 찾아 늦가을에서 겨울로 가는 채비를 한다. 별것 아니지만 하다 보면 마음이 차분해지며 길고 긴 겨울날을 그럭저럭 크게 앓지 않고 지날 수 있다.

1. 해가 질 때면 즐거운 마음으로 저녁거리를 고민하자.

2. 감자 껍질을 까거나 시금치를 다듬는 일처럼 채소를 다듬고 준비하는 데 열중한다. 겨울을 나기 위해서 각별히 무기질과 비타민

섭취에 신경을 써야 한다. 게다가 이렇게 아무 잡념 없이 먹거리를 다듬다 보면 나도 모르는 사이에 마음이 안정된다.

3. 김치나 피클, 된장이나 고추장 같은 발효 음식을 준비한다. 손수 할 수 있는 레시피를 연구해서 준비를 해본다. 이런 일들을 준비하느라 바빴던 어른들은 계절을 타며 우울해할 시간조차 없었다. 어떻게 보면 육체적 노동이 줄며 얻은 잉여의 시간이 우리의 정신을 혼란스럽게 하는지 모른다.

4. 테이블을 깨끗이 닦고 상을 평상시보다 정성스럽게 세팅한다. 나는 가끔 길에 나가 여러 색의 낙엽을 주어다 깨끗이 씻어 테이블 장식을 하곤 한다.

5. 특별한 날이 아니더라도 초를 밝히자. 따스한 조도가 주는 낭만 덕에 스산한 마음에 온기가 깃든다. 불멍(불을 보며 멍 때리기)을 하는 것도 나쁘지 않다.

6. 과일을 바구니에 꽃처럼 담아두고 때가 되면 깎아 먹는다. 보통 디저트를 설탕류로 많이 먹는데 신선한 맛과 멀어질수록 건강과도 멀어진다. 감기에 안 걸리려면 비타민 C를 열심히 섭취하자.

7. 차를 준비하며 하루가 가는 순간을 차분히 음미하는 시간을 갖는다. 팩으로 된 차보다는 집에서 신선한 재료로 씻어 말리거나 청

으로 만든 생강차, 솔잎차, 감잎차처럼 향기에서 느끼는 계절감이 집 안에 차오르는 것도 좋은 세러피이다. 귤이나 모과와 같이 향이 좋은 과일들로 청을 만들거나 여름 내내 피어나는 해당화, 들장미 잎, 들국화 등을 말리는 일들을 해본다.

8. 집 안 온도는 22℃ 이상은 오르지 않도록 한다. 약간 선선한 듯한 온도가 몸과 피부, 다이어트 모두에 좋다. 따뜻하고 발을 편하게 하는 양말을 신고 목에 적당한 스카프를 항상 두른다.

9. 침대 곁에 내 신경을 편하게 하는 아로마 오일을 둔다. 잠들기 전 손과 목, 귀 부위에 아주 살짝 발라 문지르거나 향을 맡는다. 개인적으로 라벤더 향을 좋아해 라벤더를 말린 파우치를 두고 향을 맡는다.

10. 마지막으로 침대에 드는 순간에 잘 곳 위, 지붕이 있음에 감사하자.

199

⚜
∫

우리만의 세상

추위가 살갗에 소름으로 다가오기 시작하면 그의 퇴근이 더 기다려진다. 찬거리를 늘어놓고 어둑해지면 불을 밝힌다. 때론 음식이 돼가는 시간을 음미하며 와인의 코르크를 딴다. 와인 빛깔과 향으로도 충분히 몸에 온기가 들어온다.

와인을 마시기 한참 전에도 이 맑고 투명한 자줏빛을 보르도 색이라 불렀다. 보르도 빛 벨벳, 가을이 되면 보르도 빛 벨벳으로 된 하이힐을 옷장에서 꺼내 놓는다. 보는 것만으로도 흥분이 되는 색감인 것이 틀림없다.

한 잔을 마칠 즈음 익숙한 구두 소리가 층계를 울리며 올라온다.

못 들은 척 그가 문 앞에 설 때까지 기다린다. 문을 열쇠로 여는 소리가 들린다. 프랑스 집들은 아직도 대부분 옛날식으로 잠금 장치 열쇠를 쓴다. 두 번 좌측이나 우측으로 돌려야 한다.

'딸각, 딸각'

문이 열리는 소리와 함께 우리는 밖의 세상과 상관없는 '우리만의 세상' 속에 갇힌다.

내가 보지 못한 그의 하루가 그가 못 본 나의 하루와 만나 두런두런 얘기를 나눈다. 입맛에 맞든, 그렇지 않든 내가 차린 식탁 앞에서 그는 항상 세상에서 가져온 불평을 다 잊어버린다. 사람의 힘으로는 어쩔 수 없는 세상만사를 잊고 살아가는 방법이다.

식사를 마치고 차를 끓인다. 계절 과일과 차를 마시며 온종일 고생한 배 속을 달랜다. 가을에는 암스테르담에 살 때 알게 된 계피와 생강 향이 어우러진 루이보스 차를 즐긴다. 만들어진 디저트 같은 단것에만 의존하던 그가 과일의 싱그런 맛과 단내에 익숙해져 간다. 과일을 깎으며 깎여 나가는 껍질을 따라 어릴 적 깊어가는 가을밤과 겨울밤을 도르르 끄집어낸다. 엄마가 사과를 몇 개 접시에 담아 와 깎으신다. 사과 껍질이 중간에 끊겨 나갈까 가슴을 졸이며 숨을 죽이고 바라보던 순간들.

훌쩍 지나가버리는 계절을 늦출 수 있는 방법이 없는 건 아니다.

아름다운 남자의 뒷모습

저녁 준비를 하는 내 곁에 지안 로가 조용히 다가와서는 설거지를 돕고 싶단다. 그러라 했다. 소맷자락을 걷어붙인 채 까치발로 열심히 설거지를 하는 뒷모습을 바라본다. 고맙고 애틋한 마음에 눈가가 젖어 온다.

몹시도 사랑하던 그 남자가 생각난다. 집안일 하기를 좋아하던 남자, 나의 아버지.

내가 태어날 때부터 아프셨고 내 나이 13세 때 돌아가셔서 기억마저 아득하지만 내게 아빠는 말없이 다정한 분이었다. 고등어 김치찌개를 가끔 만들어 주셨는데 어느 날인가 너무 맛있게 먹은 기억이 있다. 고등어는 지금도 내가 가장 좋아하는 생선이다. 아마 아빠와의 기억 때문이지 싶다. 누군가를 너무 좋아하면 그 사람과 먹은 음식도 좋아하게 되는가 보다.

누가 내게 죽기 전에 꼭 한 번 돌아가서 먹고 싶은 것이 무어냐 물으면 '어린 시절 언젠가 아빠와 함께 먹은 고등어 김치찌개를 그분과 함께 먹는 그 순간'으로 데려다 달라고 하겠다.

아빠가 환생을 한 것 같은 아이가 바로 지안 로, 나의 막내아들이다. 나의 아빠를 너무 많이 닮았다. 생김새뿐만 아니라 그 선함과 섬세함마저 닮았다. 이렇게 해서 세대를 통해 사랑은 어김없이 이어져 간다. 선물이며 축복이 아니고 무엇이랴?

아이를 낳고 기르는 것을 망설이거나 두려워하는 친구들이나 후배들에게 자주 하는 말이 있다. 흔히들 엄마가 되면 자식에게 무엇인가를 해줘야 한다는 의무감만 생각하는데 실은 의외로 아이들이 우리에게 해주는 것들이 더 많다고…. 아이들의 눈을 통해 바라보게 된 아름다운 세상, 빛은 그 어느 때보다 밝게 내려앉고, 새들은 언제나 축제처럼 지저귄다. 조가비를 줍느라 모래사장을 헤매며 하루 종일 즐거울 수 있다는 것도 너희들이 아니면 누가 내게 가르쳐주었을

까? 슬픔보다 감격으로 더 많이 뜨거웠던 눈시울, 이미 보내고 흐려진 기억 속 어린 시절을 함께할 기회를 돌려주어 고맙다.

아이들과 더불어 사는 삶은 몇 배 더 추우나 몇 배 더 따스하다. 몇 배 더 고달프나 몇 배로 행복하다. 몇 배 웃고 울어야 하나 그 존재를 두고 한순간도 후회한 적이 없다.

이제 곧 청년이 되어 늠름하고 아름다운 모습으로 자라나겠지. 늙어가는 어미의 인생에 얼마나 더 많은 에너지를 가져다줄까? 성년이 되어 아이들을 낳고 기르며 내가 영원처럼 잊었던 모성으로 초대하겠지? 언젠가는 사랑하는 아내를 위해 소맷자락을 걷어 올리며 부엌에서 설거지를 하겠지. 아들들의 멋진 성년의 모습을 상상해 본다.

이다음 너희 아이들에게도 '아름다운 남자의 뒷모습'으로 기억될 순간이 있기를, 섬세하고 배려 깊은 남자가 되어 사랑이 가득한 가정을 이룰 수 있기를 기도한다.

207

∮

징크스

아침을 준비하다가 와르르, 찬장에서 떨어져 내린 그릇들. 지난봄 플리마켓에서 산 유난히 아끼던 앤티크 그릇 두 개가 깨졌다. 음식 만들기를 즐기는 사람이라면 누구나 그렇듯 나 또한 그릇 사랑이 남다르다. 속이 상한 정도가 심했다. 돈만 있으면 살 수 있는 물건들이 아니었기 때문이다. 그리곤 심상치 않은 시작에 아니나 다를까, '삐그덕 삐그덕' 조지와 작은 실랑이로 그 누구도 원치 않던 아침을 보냈다.

내게는 이상한 징크스가 있다. 누군가로부터 "그 반지 너무 에뻐

요!" "그 스카프 너무 멋져!" "그 그릇 너무 특이해요!" 같은 찬사를 받거나 욕망의 대상이 되어 총애의 눈빛을 2~3초라도 받고 나면 무슨 일이든 일어나 내 손에서 연기처럼 사라져버린다. 사람도 물건과 마찬가지로 다름없다. 우연이라고 하기엔 이런 일들이 너무 억울하게 자주 일어나 스스로에게 다짐했다.

'남이 탐하는 것을 소유하지 말자!'

그러나 말처럼 쉬운 일이 아니다. 좋은 것, 예쁜 것은 남의 눈에나 내 눈에나 마찬가지로 눈에 쏙 들어오는 법이다. 그러니 사람보다 더 귀하게 여겨지는 물건은 되도록 소유하지 않는 것이 바람직하겠다 싶다. 값이 너무 비싸 인정을 던져버리고 매몰차지거나 갈등을 하게 되는 일을 되도록 안 만드는 것이 좋다.

생각을 좀 더 해보면 그것을 지켜내지 못한 나의 허술함에 원인이 있다. 지킬 수 있는 의지나 소중함이 부족할 것 같으면 소유 전에 신중함이 따라야 한다. 나보다 더욱 마르고 닳도록 애정 어린 맘과 손길을 보내며 감사하게 소유할 누군가에게 양보하고 햇살 같은 은혜를 받도록 하는 게 현명하다.

매주 토요일에는 어떻게 하면 더 보람차고 즐거운 주말을 보낼까 하는 욕심으로 아침이 더 분주하고 맘이 불안하다. 깨진 그릇을 주워 모으며 심란한 마음이 이상하게도 가라앉았다. 깨진 그릇은 돌이킬 수 없다. 그렇다면 깨진 기분이라도 되도록 빨리 돌려놓는 것이 바람직하다. 깨져도 예쁜 그릇 조각들을 멍하니 바라보며 이러지도 저러지도 못한다. 헤어지고도 그리운 사랑의 추억처럼 매몰차게 버리지 못하고 주워 모은 조각들을 두툼한 종이 봉투에 넣어 둔다. 언젠가 요술처럼 다시 붙어 있을 것 같다는 바보 같은 생각도 함께 넣어 봉한다.

심란했던 오전을 따스한 차 한 잔과 함께 어루만지며 오후라도 평온한 시간이 되기를 기대해 본다.

작은 내 부엌 속 오늘이란 레시피

　며칠 만에 중정으로 내려가 간단한 몸 풀기 운동을 했다. 아무도 안 돌보는 정원의 나무 몇 그루가 화분에서 마르고 있었다. 운동을 끝낸 후 마당 한쪽에 설치되어 있는 수도관에 파이프를 연결해 물을 주었다. 새록새록 돋아나는 새싹이 물방울에 젖어 빛이 난다. 나뭇가지 위에 모르는 새가 머물다 간 흔적으로 야들야들한 깃털이 걸려 있다. 아마도 아침마다 아름답게 지저귀는 그 새가 아닐까 상상해 본다.

　여기저기서 말없이 존재를 호소하는 모습을 보고 있자니 잃었던 기운이 난다. 중정 바닥을 물로 쓸어내고 올라와 점심을 준비한다.

어제 가지 안에 패티와 치즈로 속을 채운 후 파이로 싸서 구운 고열량 음식을 먹은 후 조지가 다이어트를 선포해서 점심은 간단하게 포치니 버섯 구이로 했다. 우리 집의 부엌은 매우 좁고 긴 복도 같은 구조를 가지고 있다. 얼마 전 다녀간 친구가 한 말이 문득 스쳐 지나간다.

"참 이상하지 뭐야, 내가 아는 대부분의 음식 하기 좋아하는 친구들은 비좁은 부엌에서 힘겹게 음식을 해대는 반면 부엌일 안 하는 친구들은 최첨단 럭셔리 장비를 무시무시하게 갖춘 커다란 부엌을 가지고 있으니 말야!"

우린 함께 웃으며 인생은 불공평하다고, 이다음 생에는 잡지에 나오는 그런 부엌 딸린 집에서 살아보자며 낄낄댔다.

잡다한 일들을 하며 코로나19 격리 기간을 분주히 보내려 노력한다. 시간이 남아 돌아 지루하거나 답답함을 느끼지 않도록 몸을 바쁘게 하는 것이 방법이다. 마늘에 싹 난 것을 화분에 심고, 벙거지 모자에 플라스틱 커버를 붙이고, 커피 찌꺼기로 커피 샴푸를 만들고, 잔여분은 화분에 줄 거름 주머니에 보관해 두었다. 무늬가 화려해서 안 쓰는 스카프를 판초로 리폼하고, 모아놓은 종이 박스에 칠을 하고 그림을 그리고 이렇게 하루하루를 보낸다.

사이사이 이 시국에 타지에서 홀로 꿋꿋이 견뎌내는 친구들에게 돌아가며 전화를 했다. 의지할 곳 없이 외국에서 감금 생활을 한다는 것이 얼마나 힘들지 상상조차 하기 힘들다. 먹거리 쇼핑이라도 해서 가져다주고 싶은 맘이다.

어제는 일본에 사는 지인이 마스크, 바이러스 쫓는 목걸이 등을 잔뜩 쇼핑하고는 주소를 알려달라며 연락해 왔다. 내가 아는 한 그녀도 혼자서 객지 생활을 하고 있다. 그럼에도 주변을 걱정하고 배려하는 심성이 너무나 놀랍고 감격스럽다. 마음이 부자인 그들이 정말 멋지다.

파리에서 일도 못 나가며 꼼짝없이 혼자 갇혀 지내는 후배가 통화 중 한 말이 하루 종일 귓가에 울린다.

"그래도 이렇게 조용히 쉬고 지낼 수 있는 집도 있고 얼마나 감사해, 언니! 이 시간이 무사히 끝나서 사랑하는 가족도 친구들도 볼 수 있는 시간이 왔으면 좋겠어!"

바깥 창을 통해 보이는 옆 건물의 낡고 허름한 풍경을 배경으로 양파 바구니도, 안 쓰던 시장 바구니도 걸어 조금 더 정겨운 풍경을 만들었다. 그리고 나니 내 작은 부엌이 너무도 예쁘고 정겨우며 감사하다. 매일 이곳에서 삼시 세끼를 해 먹으며 아마도 가장 많은 시간을 보내지 싶다. 그러니 이 공간에 대한 애정이야말로 내게는 영혼의 빵과 같다.

지금 나와 함께한 것들을 가만히 눈여겨보고 마음에 담아보고 가치를 감사해 보는 시간!

격리 기간이 우리에게 말없이 전하는 메시지다. 그렇게 이 시간을 받아들이고 하나씩 하나씩 차근히 안아보려 한다. 혹자가 말하듯 이마저도 지나고 나면 그리울지도 모르는, 그런 암울한 시대가 우리의 미래라 할지라도 말이다.

지금 가진 것에 감사하고 사랑하자.

그것만이 유일하게 약속된 희망이다.

사랑도 허브처럼

브로콜리는 소금과 함께 끓는 물에 넣어 살짝 데친다. 찜기에 쪄내면 더 좋다. 브로콜리와 잘 익힌 렌틸콩, 녹색 콩으로 샐러드를 만들거다. 여기에 파슬리를 진이 나도록 꼼꼼히 다져 넣으면 적은 분량의 신선한 채소로 전체가 다 싱싱하고 향기롭게 느껴질 정도로 화사한 기운을 일으킨다.

허브는 다질수록 향이 진하다. 더도 덜도 아닌 꼭 사랑처럼 말이다. 그러니 허브도 사랑도 후회 없이 다지고 볼 일이다.

블루 치즈나 파르메산 치즈 가루를 곁들여도 좋다. 양파는 조금만 다져 넣고 볶은 견과류를 토핑해도 좋다. 드레싱은 발사믹 식초나 레몬즙, 올리브 오일과 약간의 참기름이나 들기름, 호두 오일처럼 리치한 향이 나는 오일을 조금 섞어도 좋다. 소금 조금에 간장 아주 조금 그리고 겨자 약간을 잘 섞이도록 골고루 묻혀준다.

겨울철에 딱 알맞은 레시피다. 겨울이 되면 차디찬 생채소 샐러드를 먹기 힘들 때가 있다. 생것보다 신선함은 덜하지만 계절에 맞게 살짝 익혀 먹으면 속이 편안해 즐겨 먹는다. 어떤 음식이 몸에 이로운지를 잘 이해하고 건강한 식단을 꾸리는 것도 중요하지만 때로는 내 속의 부탁을 들어주는 것도 중요하다.

때로는 최선이 아닌 것을 선택하는 것이 지혜로운 선택일 수 있다는 사실. 어렸을 때는 몰랐던 것들이다.

∮
∫

망치와 호두

　내 손으로는 처음으로 통 호두를 사보았다. 조지가 호두까기가 없다고 옆에서 말렸지만, 망치 내리치는 시늉까지 해가며 우겨서 들고 왔다.

　흰 접시에 담아 놓으니 꽃 못지않고 과일 못지않은 자태가 그리 예쁠 수 없다. 처음에는 나무 판에 놓고 망치로 바로 깨부수다 이리 튀고 저리 튀어 마른행주에 감싸서 망치를 내리치니 소리도 덜 나고 껍데기도 안 튀고 잘 까져 속을 내준다.

　껍데기에서 바로 맨살을 드러낸 호두! 맛을 보니 까진 채 비닐 팩에 들어 있는 것과는 고소한 맛과 향의 급이 다르다. 하염없이 기나

긴 가을날, 이렇게 깨뜨려 속을 발라 먹는 재미도 쏠쏠하다.

　　루카와 지안 로가 다니는 하이델베르크의 유치원 마당에는 아무도 관심을 주지 않는 호두나무가 있었다. 누구 하나 돌보지 않아도 철이 되면 아낌없이 호두 열매를 맺어주는 이 나무가 난 감사했다. 유치원이 끝나길 기다리다 아이들이 뛰어 나오면 주섬주섬 주워서 발로 이겨 까곤 했다. 아이들 입속에 넣어주던 생각이 나 갑자기 눈물이 핑 돌았다. 그 호두나무에서 나는 호두는 알맹이가 완전한 하트 모양이었는데 맛도 어미의 사랑처럼 고소하기 이를 데 없었다. 막내 지안 로는 맛있다며 계속 까 달라고 주워다 주는 반면 루카는 땅에 떨어져 더럽다며 피하던 기억이 생생하다. 이맘때 그 호두나무에 아직도 열매가 맺히는지 보러 간 적이 있을 정도로 내게는 소중한 기억이다.

　　크리스마스 휴가 때면 이탈리아 가르다 호수 부근에 귀향을 해서 사는 아이들 고모 집에서 호두며 온갖 견과류를 잔뜩 테이블 위에 두고 저녁 내내 까먹던 추억도 있다. 이렇게 직접 까먹는 행위는 비닐 팩에 든 견과류 알갱이들을 먹는 것과는 다른 추억이라는 것을 함께한 시간들이 알려준다.

이번 겨울에 아이들이 오면 병정 호두까기 인형을 사 함께 호두를 까먹어야겠다. 이다음 어른이 되어 호두를 살 때는 꼭 통째로 사서 아이들과 함께 오손도손 까먹으라고도 일러줘야겠다.

TIP

깐 호두를 불에 살짝 볶아서 엔다이브를 채 썰어 겨자와 생크림, 사과 식초를 섞은 소스에 뿌려 먹으면 맛의 조합이 훌륭하다.

계절을 먹는 일

신기하게도 계절이 돌아오듯 입맛도 돌아온다. 겨울이면 마시던 수정과 생각이 간절해 꾀를 냈다. 사두고 말라 안 먹던 마른 무화과와 날생강을 끓여 냈다. 맑게 올라온 붉은빛과 향이 거의 비슷하다. 통계피가 없어 그냥 계핏가루 뿌리고 꿀 한 스푼 넣어 휘휘 저어 마시니 매혹적인 향과 맛이 고향에서 마시던 것만 못해도 이 정도만으로도 눈물나게 감사하다.

계절이 문 앞에 서성이는 소리에 천천히 마음과 몸이 느끼는 변화를 인지하는 것, 마음과 몸이 원하는, 당부하는 것을 외면하지 않고 실행하는 것.

이 기본적인 일마저 쉬운 일이 아닌 삶이다.

전에 서울서 내비게이션 없이 운전하는 나를 보고 옆에 탄 누군가가 신기해했던 기억이 난다. 아예 모르는 길이 아니면 내 자신의 판단과 신호와 표지판, 길거리 표시 등을 보며 가면 길을 찾는 것이 불가능하지는 않다. 그러나 우린 이제 우리의 총체적 스킬 중 많은 부분을, 그러니까 감각, 추리력, 판단력, 원초적 본능 따위를 포기한 채 시키는 대로 사는 쪽에 백기를 들었다.

호두쯤은 까먹고 살고, 수정과와 식혜를 만들어 마시면서 그렇게 살아도 된다. 아니 그렇게 살아야 나 좋은 일 하고 사는 거다.

아는 길은 내 감으로 가본다. 가르쳐주는 대로 시키는 대로 가면 백날을 가도 모른다.

모르고 실수를 하며 힘들게 찾아간 길은 절대로 안 잊는다.

만사에 다 같은 이치다.

행복의 기술

    잘 챙겨 보낸다 해도 늘 뭔가를 빼놓고 가는 것마저 어미를 닮았다. 그중에도 막내가 무척 좋아하는 곰 모양과 돼지 모양 지우개를 침대 곁에서 발견하고 나도 모르게 입으로는 웃으며 눈물이 찔끔 난다. 음식을 하면서도 아이들 생각이 떠오른다. 그런 맘 그대로, 남은 식구들에게 잘해야겠다는 생각에 음식에 다시 재미를 붙여본다.

    뇨키(감자의 전분 성분이 주재료인 파스타)는 날이 선선해지면 생각이 난다. 토마토소스에 다진 마늘과 양파, 참치 캔 하나를 넣는다. 생선 비린내를 없애기 위해서 화이트 와인 넣는 것도 잊지 않는다. 생선이 들어가는 요리를 할 때 케이퍼나 블랙 올리브를 소금 대신 쓰면 좋다.

꽃봉오리를 소금에 절인 케이퍼에는 몸에 좋은 효능이 매우 많다. 특히 피부와 모발 건강, 체중 조절과 혈액 순환에 좋다고 한다. 지중해가 원산지라고 하는데 이탈리아에서는 저녁 식사 전 해가 뉘엿뉘엿할 때 와인이나 맥주를 마시러 온 사람들을 위해 바에 미니 샌드위치 등과 함께 서비스로 차려놓는다. 난 이때 처음으로 연어에 딸려 나오는 작은 사이즈가 아닌 올리브 크기의 케이퍼 맛을 보고 반해 이 아페리티보 시간이 오기를 기다렸을 정도다.

아이들이 가고 나니 팬케이크 팬이 사라진다.

요즘 계속 아침으로 아몬드 우유에 오트밀과 치아 씨앗, 계핏가루를 넣어 먹는데 속이 편하고 장에도 좋은 듯하다. 점심은 탄수화물을 식단에 넣고 저녁은 단백질과 채소 중심으로 한다. 식구들이 언제인가부터 모두 체중 조절에 열중해 이 방법을 선택했는데 나쁘지 않은 효과를 보고 있다.

우리 집에 식구들이 시도 때도 없이 모여 밥 수저를 더하니 일이 소리 없이 티 안 나게 늘어갔다. 언제부턴가 이런 상황이 미안했는지 조지가 테이블 세팅을 돕고 먹고 난 식기를 나르고 밤 쇼핑을 함께 하는 작은 행동을 보여주었다. 덕분에 나도 기분이 좋아져 손님

맞는 일이 고되지 않다.

저녁을 먹은 후 조지와 함께 산책 겸 먹거리 쇼핑을 한다. 저녁을 먹고 바로 앉거나 눕지 않아 좋고 자투리 시간을 이용해 남은 집안일을 처리해서 언젠가부터 부부의 일상이 되어간다. 늦은 밤 설렁설렁 걸어 나와 장을 보고 걸으며 하는 대화는 이상하게도 선하고 다정하기까지 하다. 아주 작은 변화가 내 심정에 큰 활력이 되어 테이블에 사랑 레시피가 늘어난다.

호의를 가진 작은 행동을 적절할 때에 상대방에게 보여주는 것. 그것이 바로 행복의 기술이다.

호박잎으로 싼 행복

볕도 좋고 공기도 맑으니 하릴없이 기웃대는 것도 재미나다. 어릴 때나 나이 먹어서나 난 대로보다는 구불거리는 골목길 체질인가 보다. 비좁은 골목길 어느 집 계단 옆 화단에는 누군가 심어놓은 호박이 난간을 타고 엄청 크게 덤불을 이루고 자라났다. 이런 풍경은 아주 자연스럽게 사람을 과거로 데려다준다.

나 어릴 적만 해도 아이들이 골목길 바닥에서 해가 떨어질 때까지 놀았다. 주로 구슬치기, 고무줄놀이, 술래잡기 등을 하고 노는데 난 그때도 '소꿉장난'을 좋아했던 것 같다. 블록 틈틈이, 화단에 돋아난 잡풀들을 뜯고 벽돌을 갈아 고춧가루라고 하며 소꿉놀이를 하던 기억 속 소녀의 잔상이 이런 골목을 걷다 보면 여기저기서 튀어나온다. 그렇게 시간 가는 줄 모르고 놀이에 집중하다 어른들이 저녁 식사 시간이 되면 문간에서 얼른 들어와서 밥 먹어라 외치는 소리가 들리고 골목이라는 일상의 무대는 막을 내린다.

골목에서 만난 호박 넝쿨 덕분에 어릴 적 엄마가 호박잎을 쪄서 된장에 쌈 싸 주시던 생각에 채집을 해 왔다. 호박꽃도 몇 개 서리를 했다. 이탈리아 사람들은 호박꽃에 튀김옷을 입혀 튀겨 먹는 요리를 별미로 친다. 가끔 시장에 나오면 사다가 꽃봉오리 속에 다진 고기나 생선을 넣어 우리나라 고추전처럼 부쳐 먹기도 한다.

꽃과 잎을 쪘는데 꽃은 너무 물러져 못 쓰고 적당히 쪄진 이파리로 그리스 전통 음식인 '돌마데스dormades'의 한국판 쌈밥을 만들어봤다. 돌마데스는 고기와 밥을 함께 지은 것을 쪄낸 포도잎에 싸서 올리브 오일과 레몬즙에 조려낸 요리이다. 건강식과 장수로 유명한 그리스인들 식단 중 돌마데스는 우리네의 김밥처럼 흔히 먹는 집밥 같은 음식이다.

깨끗이 씻어 쪄낸 호박잎에 싼 불고기 볶음밥이라, 우리 세대를 지나면 잊힐 이 맛이 또다시 지난 시절 향수를 부른다.

파스타 위 타이 고추 하나

우린 대부분 할 수 있는 일, 해야 하는 일을 우선에 두고 하루하루를 살아간다. 프렌치 그리스인으로 한국 여자와 결혼해 사는 조지도 다를 바 없다. 그에게 무엇을 진심으로 가장 하고 싶으냐고 묻는다면 소프트웨어를 팔러 하늘을 날아 다니거나 시도 때도 없이 콘퍼런스를 해대거나 하는 삶이라고 대답하지는 않을 것이다.

서울에 같이 머물던 어느 날, 일을 마치고 돌아온 그가 이런 말을 한다.

"악기 파는 곳을 데려다줘. 기타를 사야겠어."

잠시 고민을 하다 서울 종로에 있는 악기 전문 상가인 낙원상가에 데리고 갔다. 서너 곳을 돌며 윈도쇼핑을 하더니 밖에서 보기에도 주인장 품새가 장인처럼 보이는 곳으로 들어간다. 중간 굵기의 금 사슬 목걸이와 팔찌 세트를 착용한 주인장이 기타를 튜닝하고 있었 다. 긴 얼굴에 짙은 눈썹과 얽은 자국이 뺨에 있는 그는, 남쪽 사투리 가 풍기는 말투까지 왠지 많은 사연을 갖고 있지 싶다. 그의 사람을 바라보는 찬찬한 눈빛과 진지한 말투에는 의심을 쫓아내는 능력이 있었다. 둘이 잘 통하지도 않는 언어로 대화를 시작하더니 이런저런 악기를 건네고 받아 쳐보고 하기를 반복한다. 조지가 야마하와 한국 브랜드 중 고심하다 결국 한국에선 한국 브랜드라며 하나를 골랐다. 30분 만에 기타 하나를 샀다. 6년 가까이 그와 함께하며 그 정도 금 액의 물건을 망설이지 않고 사는 모습을 그날 처음 봤다. 계산을 하 고 나오며 그가 주인 아저씨께 농담을 건넨다.

"길에서 뵙게 될지 모르겠어요. 아마 곧 거리 악사로 나서지 싶어 요."

무슨 말인지 갸우뚱하는 주인에게 내가 해석해 주니 엄청 웃으신다.

오늘은 음식을 하기 싫었다. 밖에서 먹을 핑계를 찾다가 냉장고를 여니 푹 익은 토마토들이 옆구리가 터진 채로 삐죽댄다. 토마토에

케이퍼, 참치를 넣어 소스를 만들었다. 늘상 하는 토마토 샐러드에 엉뚱한 참외를 썰어 넣고 코티지 치즈를 얹고 구운 마늘과 파슬리를 잔뜩 올렸다.

내가 부엌에서 쿵쾅대는 동안 조지는 내가 요즘 좋아하는 이마니 Imany의 'lately'를 튼다. 노래와 맞춰 그가 기타의 튜닝을 하고… 리듬을 타는 칼질과 함께 재료의 색상이 화려해져 간다.

음악은 '정부가 인정한 환각제'라는 말이 증명되는 순간이다. 그렇다고 그가 기타를 기가 막히게 잘 치는 것은 아니다. 그저 연주를 하며 무한히 몰두할 수 있는 그 순수한 순간을 즐길 뿐이다.

마지막으로 파스타에 상할 것 같아 말려놓은 타이 고추 하나를 부셔 넣었더니 매콤한 맛에 없던 입맛이 되살아난다. 맛난 음식을 차려 단숨에 한입 가득 넣으니 삶이 이리 경이로울 수 없다.

"우리 오늘 축배를 듭시다. 오늘 음식을 하다 새삼스레 느낀 게 하나 있어. 당신하고 살면서 음악을 더욱 가까이하게 된 것! 정말 행운이지 뭐야!"

살면서 우리를 행복하게 하는 것은 결국 아주 엉뚱하거나 매우 작은 것들에 있다. 파스타 위의 고추나 조지의 엉성한 기타 연주처럼 말이다.

새로운 장소, 새로운 가슴

동네를 걷다가 소박해 보이나 어딘가 내공이 느껴지는 레스토랑에 들어섰다. 세상 이곳저곳 기웃거리길 30여 년 하다 보니, 이제는 간판 걸린 모양만 봐도 어떤 식당이 관광객용인지 동네 사람들 단골 맛집으로 소리 소문 없이 좋은 음식을 내놓는 곳인지 대충 알아차릴 수 있다.

게다가 메뉴판 옆에 파리시장의 친필 사인이 적힌 'Paris의 시장 앤 히달고Anne Hidalgo가 극찬한 파리 최고의 쿠스쿠스 레스토랑!'이라는 기사가 보인다. 조지가 "예감이 나쁘지 않아!"라고 한다.

모로코 마라케시에서도 맛보지 못한 전통의 맛을 그대로 전수한 쿠스쿠스couscous 요리. 쿠스쿠스는 다양한 고기의 다양한 부위와 함께 각종 스파이시를 넣고 오래 고아 끓인 스튜에 파스타용 밀가루를 좁쌀만 하게 밀어 두세 차례에 거쳐 쪄낸 세몰리나와 함께 먹는 요리다.

모로코 마라케시의 음식점에 대한 기억은 생각보다 실망스러웠던 것으로 남아 있다. 원래 그 지방 원주민들을 모르고 가면 관광객 수준에서의 선택만 돌아오는 법. 이런 경우 오히려 파리에서 소문난 맛집의 수준이 본토보다 더 나은 것도 어이없는 현실이다.

좁쌀만 하게 손으로 빚은 김이 모락모락 나는 세몰리나를 커다란 나무 접시에 들고 와 흩뿌리듯 접시에 서빙하는 주인 아저씨의 숙련된 손놀림에 일단 한 번 반한다. 혼자 힘든 서빙 다 해내고 단골들과 넉살 좋게 농담도 해가며 틈틈이 주방을 향해 큰 목소리로 잔소리도 한다. 그런 그의 카리스마 가득한 존재와 함께 곳곳에 설치된, 동판을 손으로 두들겨 구멍을 내어 만든 모로코 스타일의 전등, 그곳에서 새어 나온 별 그림자들로 얼룩진 실내가 그런 대로 로맨틱한 분위기를 자아낸다. 그뿐만 아니라 금실과 붉은빛으로 염색된 식탁보, 투박하나 흙의 질감과 자연스러움이 그대로 느껴지는 도기들 하나하나가 그 순간의 여행에 한몫을 한다. 시선을 한두 바퀴 돌리던 사이에 서빙된 쿠스쿠스의 따끈한 국물은 가을 부슬비에 젖은 이방인의 가슴을 따스하게 덥혀주기에 모자람이 없다.

국물과 함께 곁들여 먹는 마르케즈marquez(양과 소고기로 만든 맛이 강한 중동식 소시지)의 맛 역시 기대에 어긋나지 않게 어디서도 맛보지 못한 정통의 맛이었다. 아마도 홈 메이드식으로 직접 만드는 듯싶다.

항상 음식을 하느라 분주했던 마음을 가라앉히고 마주 바라보는 그. 그의 모습이 어둠 속에서도 찬란하게 눈가에 맺힌다. 늘 보던 이의 모습을 앞에 두고 낯선 사람 대하듯 설레는 느낌. 내가 속한 공간이 아닌 곳에서 보는 그가 유난히도 매력적으로 보인다. 그런 그를 둘러싸고 비에 젖어 반사된 인적이 뜸한 거리, 아무 생각 없이 머물 수 있는 시선, 그 안에 있는 자유 의지의 존재들이 온전히 내 시간이었다.

익숙한 사람도 가끔은 다른 배경을 두고 바라다볼 필요가 있다. 그리고 그 느낌 속에서 온전히 서로에게 존재한다.

외식의 의미는 꼭 다른 맛의 음식을 찾아 나서는 데만 있는 것은 아니다.

숲에서 데려온 버섯 향

11월 말에 이렇게 화창하고 기온이 높으니 온난화가 분명하다. 그럼에도 불구하고 화창한 날씨 덕에 마냥 즐겁다는 것은 분명히 축복이다.

동네 채소 가게를 지나는데 자연산 버섯이 향기를 뿜어댄다. 바야흐로 버섯의 계절이니 오늘 저녁 부모님과의 식사 메뉴는 버섯 리소토로 정한다.

조리하는 동안 내내 피어나는 버섯 향이 폐 안에 '검은 숲'을 들여놓은 듯 향긋하기 그지없다. 리소토를 저으며 향기에 들떠 있는 동안 아버님이 저녁 식사 세팅을 위해 식기를 가지러 부엌으로 들어오신다. 프랑스 남자들을 미워할 수 없는 이유가 바로 이런 매너에 있다. 아내들이 밥상을 차리는 동안 앉아서 신문을 읽거나 TV를 보며 기다리기보다는 이렇게 식탁 차리기, 음료수 준비, 서빙 같은 일에 일조하며 바쁜 일손을 덜어준다.

결혼 후 얼마 지나지 않았을 때 일이다. 부모님 댁에서 밤을 보내다 새벽녘에 깨어 물을 마시러 부엌에 갔다가 부엌 한편에 있는 간이 식탁에 얌전히 차려진 아침 식사를 보게 되었다. 두 어른이 마주보고 접시와 서빙 세트, 물컵, 찻잔은 물론이고 각자 드시는 약이나 비타민이 들어 있는 플라스틱 상자가 양쪽에 놓여 있었다. 그 후 아주 오랫동안 '매사에 차분하신 어머님이 아침에 분주하지 않기 위해 미리 준비해 놓고 주무시는구나' 하고 생각하며 좋은 습관이라 익혀두었다.

몇 년이 지난 어느 날 시댁에서 일찍 잠들었다 새벽 1시 즈음 깨어 역시 물을 마시러 부엌 쪽에 다가가니 누군가 부스럭대는 소리가 들렸다. 놀랍게도 아버님이 아침 식탁을 준비하고 계신 게 아닌가. 투병을 하고 퇴직을 하신 후 언젠가부터 생긴 습관이라고 한다. 조지의 설명을 듣고는 평생을 함께 살아온 어머님께 남은 순간순간 조금이라도 더 다정한 남편으로 남고자 노력하시는 모습에 잔잔한 감동이 밀려왔다.

그 후 내게 아버님은 그 누구보다도 다정다감한 분으로 남아 있다. 이른 아침 일어나 남편이 미리 차려놓은 식탁에 앉아 마시는 차 한 잔, 커피 한 잔으로 매일 아침이 항상 특별할 수 있을 것 같다는 상상을 해본다.

"아버님, 버섯 좋아하시죠? 오늘은 특별히 한창 시즌인 자연산 버섯을 사 왔어요."

"아니, 나 버섯 안 좋아하는데…. 아! 버섯은 별로 안 좋아하는데 네가 만들어준 버섯 리소토는 좋아하지!"

실수를 했다 싶었는지 얼른 내놓은 변명이 실수를 하길 오히려 잘한 격이 되고 만, 재치까지 겸비하셨다.

아버님이 갓 딴 와인병의 코르크를 코에 대고 향을 들이마시며 내게 첫 잔을 따라 주신다.

"아까 와인 숍에 가서 네가 좋아하는 지브리 샹베르탕Giverny Chambertin을 사 왔지."

원래 시댁은 보르도파! 주로 향과 맛이 강한 메독이나 생테밀리옹을 즐기시는데 오늘은 며느리를 위해 부르고뉴 주에서도 가장 감미롭고 부드러운 지브리를 사 오셨다. 두둑한 금일봉은 아니더라도 그들에게는 여자의 마음을 읽어 내리는 판독술이 있다.

알 수 없는 미래, 지킬 수 없는 큰 약속보다는 함께할 수 있는 주어진 시간에 가능한 실천으로 애정 표현을 그때그때 아끼지 않고 하는 것은 그날이 그날 같아 지루하고 피곤한 일상에 활력이 된다.

지브리 샹베르탕은 위염으로 고생하던 나폴레옹에게 주치의가 유일하게 마셔도 되는 와인이라고 선별하여 준 부르고뉴 지역의 유명 와인이다. 부드럽고 탄닌이 주는 부담이 적어 우리나라 사람들의 위장에 적합하다. 숲에서 데려온 버섯 향 은은한 리소토에 파르메산 치즈를 갈아서 올려 먹는다. 아버님이 며느리를 위해 따신 지브리의 향기와 함께 은은한 향의 조화에 취한 그런 저녁이었다.

⚜

∫

장점과 단점은 나란히 한 쌍

밤잠을 미루고 하고 있는 일의 자료를 찾고 디자인을 하다 늦게 잠든 만큼 늦게 일어나 눈곱도 안 떼고 부엌으로 직진한다(가끔 세안도 안 하고 바로 부엌으로 가 조리를 시작하곤 한다).

점심으로 먹을 참치 키쉬를 만드느라 열중하는데 아버님이 들어오신다.

"지원! 넌 정말 진짜로 쿠킹을 즐기는구나!!"

"네! 아버님, 전 쿠킹이나 디자인, 글쓰기처럼 늘 다를 수 있고 새로운 일들이 좋아요! 반면에 청소나 빨래처럼 늘 똑같은 일은 하기 싫어하죠."

"그러니까 그건 너의 장점이자 단점이군!"

나의 장점이 단점이 되듯이 나의 단점 또한 장점일 수 있다.

모든 일은 동전의 양면이다. 올해는 더욱더 나의 단점을 끌어안고 쓰다듬어 장점처럼 가꾸어가리라.

아버님과 이런 대화를 나누는 시간이 소중하니 함께하는 동안 더 웃고 많이 나누어야겠다.

집안에 돈이 들어오면 영혼이 나간다

삶이 기름져지는 방법은 두 가지다. 돈 아니면 마음의 여유.

첫 번째를 얻어내기 위한 시간과 노력, 희생은 엄청나다. 두 번째 역시 쉬운 일이 아니다.

첫 번째와 반대 방향의 노력이 필요하다. 천천히 최대한 덜 쓰고 덜 빨리 생각하고 덜 소비하는 자연인으로 '두뇌 세척brain wash'이 필요하다. 물질만능주의에 젖은 사고의 전면적 개조와 습관화가 필요하다.

어제는 태어나서 처음으로 창문 밖 유리 표면을 직접 닦았다. 창문을 열어 팔을 최대한 뻗어 세제를 살짝 묻힌 스펀지로 닦은 뒤 걸레로 물기를 닦아내고 그 뒤 신문지나 폐지로 얼룩을 소리가 나도록 닦으면 된다. 조지가 "청소 아주머니를 불러라, 유리 닦는 스페셜 스프레이나 종이를 사서 닦아라…" 걱정 섞인 잔소리를 하는데 미소만 지었다. 속으로는 이렇게 대꾸했다.

'얼마나 오래 살아야 할지 모를 앞으로를 위해 몸을 쓰며 사는 습관을 만들어가야 해.'

청소하는 데 남의 힘을 빌리려 50여 유로. 물과 간단한 세제면 될 것을 환경 오염의 주범 화학 물질이 든 플라스틱 용기를 사느라 5유로. 이를 절감하고 비눗물과 신문지로 한 두세 시간 노동이면 끝난다. 주말에 마저 끝낼 참이다. 혼자 해낸 뿌듯함에 유리창을 닦아내던 팔은 가뿐해져 날개가 되어 창밖으로 날아갈 판이다.

저녁에는 산책하며 주워 온 낙엽으로 식탁을 장식했다. 낙엽의 찬란한 색감과 아직은 살아 있는 생명감으로 식탁이 한 폭의 그림이 되고 만다.

아침에 일어나 먹고 난 아보카도 씨로 화장수와 마사지 겸용 스크럽도 만들었다. 아보카도 씨는 내가 아는 한 가장 윤활하게 피부 표면을 가꿔주는 천연 재료다. 스크럽은 씨앗과 함께 깨끗이 씻은 레몬을 껍질째 반, 남은 오렌지 껍질, 꿀, 소금, 약간의 소다, 끓인 물을 넣어 잘 섞어 목욕할 때나 얼굴 씻은 후 마사지를 할 때 사용한다. 피부가 놀랍도록 부드러워진다. 믹서에 묻은 남은 찌꺼기에 레몬즙과 끓인 물을 넣어 용기에 보관하면 한동안 화장수로 쓸 수 있다.

지난 이틀 동안 줄인 소비재를 계산해 본다. 청소비, 식탁 장식용 꽃이나 장식품, 세안용 스크럽과 화장수, 서울서 살 때라면 당연하게 지출해야 할 명세들이다. 다 합하면 족히 20만 원이 넘을 듯싶다. 아끼면 오히려 마음이 편안하고 만사가 감사하다.

본래의 나는 산업 훈장 소비자상을 받아야 할 만큼 자타가 인정하는 공인 소비가였다. 그 철없던 시절에는 지갑을 채우기가 무섭게 비우고 플라스틱을 긋고 월말에 심장병 얻으며 살았다. 채워도 사들여도 채워지지 않는 건 물질에 대한 욕심이었다.

유럽에 와 사는 20년 동안 이런 습성은 점차 사라져갔다. 되도록 신용 카드 안 쓰며 할부도 없앴다. 그저 지갑에 든 현금으로 적당한 만큼 소비하는데 불편함이 없어져간다. 소비재의 많은 부분을 재활용과 자연 소재로 대체해 가고 있다.

벌려고만 허둥대지 않으려 한다. 그러다 금쪽같은 세월과 영혼이 타버린다. 무엇이 우리의 삶을 진정으로 윤택하게 하는가? 늘 내게 하는 질문이다. 고쳐지지 않던 고질병을 고쳐가며 제대로 사람이 되어간다.

∫

추수감사절

마지막 수확이 끝났다. 수확이 끝났다는 것은 휴식이 필요하다는 것이다. 그냥 쉬라는 것이 아니다. 위대하게 비워진 지평선에 몸을 눕혀 감사의 마음을 채운다.

장터에 나가면 아무 생각 없다가도 계절의 변화를 깨닫게 된다. '단호박이 눈에 들어오는 걸 보니 가을이구나.' 호박이 나올 즈음이면 같은 주홍색의 감도 눈에 띄기 시작한다. 처음 이탈리아에서 감을 발견했을 때 몹시나 놀랐던 기억이 있다. 꼭 우리나라에서나 먹는 과일같이 생긴 '감'. 그 감을 서양인들도 먹는다. 단감이 장에 나왔다. 단감을 서너 개 사다가 바구니에 얹어놓고 연시가 되기를 기다린다. 몰랑몰랑해지기를 기다리는 맘. 감은 시간이 흘러 고작해야 연시가 된다.

삶도 마찬가지. 다른 것이 되려 갈망하지 않기로 한다. 다른 것을 닮으려 들면 병이 든다. 내 곁에 있는 살아 있는 것들에게서 기운을 받는다. 그처럼 깨끗하고 고상하고 아름다운 것은 없다.

몰랑몰랑한 연시가 되기를. 그렇게 달콤하고 몰랑몰랑한 나 자신이 되기를… 갈망한다.

∮
∫

루카 루와 지안 로

하이델베르크의 하늘도 비를 뿌린다. 내가 사는 동안 이처럼 잔잔하고 고요한 하루하루를 쓸쓸하지도 지루해하지도 않고, 뭔가가 잘못됐다고 생각하지도 않으며 작은 것에 감사하게 될 줄은 몰랐다.

예약한 레지던스 호텔은 아이들과 지내기 편리했다. 집에서 싸 온 밀가루와 달걀, 우유를 넣어 팬케이크를 해서 아침으로 먹였다. 지안 로가 여덟 시에 축구 교실 갔다가 열한 시에 돌아왔다. 점심으로는 연어알과 김을 부셔 넣고 참기름으로 버무린 알밥과 샐러드를 해 먹었다. 연어 알밥은 아이들이 무척 좋아하는 간단한 레시피이다.

루카가 축구 토너먼트를 갔다. 루카가 축구를 할 동안 별 볼 일 없는 동네에 어색할 만큼 커다란 쇼핑 몰을 막내와 걸어서 갔다. 커피를 준비해 오는 것을 잊어 뒤늦은 오후에 커피 한 잔을 아주 맛있게 마시고 토이 스토어에 가서 마이크로 카메라가 장착된 원격 조종 헬리콥터를 샀다. 아이들보다 조지의 장난감이 될 듯싶다.

촌스러운 몰의 커피숍에서도, 디자인 호텔이 아닌 평범하기 짝이 없는 레지던스 방에서도, 볼거리라고는 하나도 없는 독일의 어느 변두리에서도, 황량하게 뻗은 가지로 하늘에 빈 공간을 그려가는 겨울 나무 한 그루 우두커니 서 있는 거리에서도… 삶에 회의나 외로움, 공허함, 지루함을 잊은 채 내 안에 울려오는 평화의 노래를 들으며 즐거울 수 있었다.

행복에 대한 수많은 정의에도 관계없이 행복은 느끼는 순간 그곳에 그만큼으로 존재한다.

옆에서 간간이 들리는 아이들의 웃음소리에 맞춰 또다시 저녁을 준비한다. 더 이상 바랄 것이 없는 그런 순간이다.

나와 이런 별 볼 일 없고 시시한 주말을 보내기 위해 빗속을 여섯 시간 운전해 달려와 자신의 아이들도 아닌 아이들과 킬킬거리며 성탄 가족 영화를 보는 조지에게 아카데미 시상식에서 수상자들이 의례히 내뱉는 "당신의 사랑 덕에…"라는 멘트를 던지고 싶다.

내 인생의 좋은 부분은 물론이고 불편하고 거친 폭풍을 헤쳐 나와 바라보는 세상사, 망망한 수면 위에 떠돌며 그래도 그저 감사함을, 당신 덕분에 느낀다.

253

∮
∫

어물전의 금발 머리 아가씨

도시에서라면 엄마가 해 주는 밥 먹고 예쁘게 차려입고 휴대폰 꺼내 들고 친구들이랑 길거리에서 그저 재미나 좇을 그런 나이의 예쁘장한 금발의 아가씨가 푸른 비닐로 된 앞치마를 두르고 부둣가 장터에서 생선을 판다.

그냥 판매만 하는 것도 아니고 옛날 재래시장에서처럼 속 내장 빼고 뼈 발라 내는 작업을 익숙한 손놀림으로 척척 해낸다.

고등어 초절임회 만들 것 세 마리, 오징어 파스타 할 것 다섯 마리, 전 감으로 자잘한 흰 살 생선 1킬로그램, 골뱅이 1킬로그램에 32유로다. 작은 생선 몇 마리 남은 걸 덤으로 넣어주는 인심마저 넉넉한 아줌마 같다.

내가 주문한 생선을 정리하는 동안 기다리는 손님들을 놓칠까 봐 연신 금방 해드린다고 중간중간 관심을 늦추지 않는다.

언젠가는 동네 총각을 만나 결혼을 하겠지? 아이들도 낳을 테고…. 지금처럼 저렇게 변함없이 하루하루 순간순간 열심히 일하며 가족을 부양하겠지.

게으름과 허망한 꿈 따위는 칼판 위에서 소음을 내며 어림없이 잘려 나간다.

샤워를 해도 쉽사리 가시지 않는 생선 비린내를 풍겨도 당신은 사랑을 받아야 해. 폭풍 속에서도 흔들림 없이 붙드는 닻줄처럼 그런 사랑을 만나야만 해.

요즘 세상에 보기 드물게 진한 삶의 풍미를 온몸으로 내뿜는 어리고 멋진 그녀가 고등어 초절임회 뜨는 내내 생각이 난다.

행복은 바로 그녀 같은 여자들의 것이어야 한다고.

정종 한 잔에 고등어 초절임회

고등어 초절임회는 생각보다 만들기 쉽고 웬만해서는 실패가 없는 레시피다. 고등어의 비린 맛을 싫어하는 사람도 이 고등어 초절임회는 무리 없이 먹는 경우를 많이 보았다. 따뜻한 밥과 함께 먹으면 정말 맛있는데, 겨울에 따스하게 데운 정종 한 잔과도 제격이다.

고등어 초절임회는 기름기가 많은 고등어를 식초에 절이는 것으로, 비교적 오래 보관해도 상하지 않고 회로 먹을 수 있는 방법이다.

가장 중요한 것이 싱싱한 고등어를 사는 것이다. 뼈를 바른 냉동 고등어도 해동을 잘하면 오히려 기생충 감염이 없어 좋다. 단, 간고등어는 제외다.

1. 고등어를 사서 반을 갈라 뼈를 다 제거한다. 소금을 살살 뿌려 냉장한다. 구입 시 손질을 부탁을 하는 것도 방법이다.

2. 발효 식초와 정종을 조금 섞은 혼합액에 소금으로 간을 한다. 정종은 선택인데 난 생강을 담가 향을 낸 정종을 쓴다. 생강 향 덕에 고등어의 비린내가 제대로 잡힌다.

3. 손질한 고등어를 껍질을 위로 보이게 용기에 담고 위의 혼합액을 뿌린다. 다 잠기지 않아도 괜찮다. 냉장실에 넣어 한 15분에서 길게는 30분 정도 재운다. 초에 담그는 이유는 기생충과 세균 감염을 막는 것이 본래의 이유인데 생선의 단백질이 초에 닿으면 열을 가할 때처럼 굳어진다. 난 한 15분 정도 재어 단백질이 완전히 응고되지 않은 상태에서 먹는 걸 좋아한다.

4. 초에서 고등어를 꺼내 껍질에 붙은 피막을 벗겨낼 차례다. 꼬리 끝에 칼집을 낸다. 손톱으로 껍질을 몸체에서 밀어내면 랩 같은 얇은 막이 분리되는데 껍질만 잡고 적당한 힘으로 꼬리 끝부터 반대편으로 잡아당겨 벗겨낸다. 푸른빛이 도는 막은 몸에 그대로 붙어 있다.

5. 8mm 정도로 두툼하게 썰어서 접시에 담는다.

6. 식초에 절인 초생강을 썰어 같이 서빙한다. 간이 적절해 간장이 필요 없으나 식성에 따라 고추냉이와 간장을 곁들이기도 한다.

∮
∫

Mr. Mushroom

해마다 시월 중순에서 11월 초까지 야생 버섯의 시즌이 되면 장터에는 그간 늘상 보던 버섯과 다른 향기롭고 독특한 모양의 버섯들이 나의 마음을 어지럽힌다. 버섯 때문인지 잊지 못할 스토리 때문인지 버섯을 보면 떠오르는 쌉쌀한 추억이 있다.

프랑스에 이사 온 지 얼마 안 되었을 때 이야기다. 잠시 데이트를 했던 변호사가 있었다. 지금은 이름도 잊어 버렸는데, 키가 훤칠하고 생긴 것도 훈남인 그 남자. 클래식에 조예가 깊고 피아노를 능수능란하게 잘 치며 부엌에서도 칼질을 피아노 치듯이 잘했다.

아트와 데커레이션, 게다가 앤티크 수집이 취미인 그는 선조 때부터 파리에서 산 흔히 말하는 '리얼 파리지엥'이었다. 파리에서 30년을 살아야만 파리지엥이라 하는데 조부 위까지 올라가 뿌리를 깊게 내린 집안이라 그 자부심도 대단했다.

"뭘 잘 모르는 사람들은 파리에만 살면 파리지엥인 줄 아는데 적어도 여기서 태어나야 파리지엥이라고 하지!"

그런 말을 했던 것 같다.

두 번째 만남은 일 상 루이Ile Saint Louis에 있는 그의 집에서 열린 자그마한 저녁 모임에의 초대로 이루어졌다. 일 상 루이는 파리의 구시가지다. 우리나라 밤섬처럼 센 강 중간에 퇴적물이 쌓여 만들어진 자그마한 섬이다. 사방이 강물로 둘러싸여 있으니 언제가 될지 모르는 적의 침략에 방어하기 좋은 지리적 장점이 그 옛날 구 파리의 본거지로 채택된 듯하다. 일 상 루이에서도 섬의 커브가 도는 곳, 관광객의 인파가 적은 요지에 위치한 그의 아파트는 오래된 건물의 다락방 층이었다. 근처에서 산 와인 한 병을 들고 도착하는 순간, 예감한 대로 5층에 엘리베이터가 없었다.

집 안에는 온갖 연대의, 상상을 초월하는 장식품들이 즐비했다. 일관된 취향이 보여서 망정이지 언뜻 보면 고물상이나 앤티크 브로커의 샵에 들어 온 기분이었다. 다른 이들도 나와 마찬가지로 이런저런 물건들을 구경 하느라 눈이 바쁜 모습들이었다. 그때 처음으로 큰 솥에 한가득 끓여 맛이 깊이 밴 비프 부기뇽boeuf bourguinon을 맛보았다. 당근과 버섯, 레드 와인으로 맛을 낸 우리나라로 치면 갈비찜 같은 그 디시를 전날 밤부터 하루 종일 고았다고 하니 그 정도면 파스타 정도로 음식을 한다고 하진 않은 것이다.

식사를 마친 후 어렸을 때 작곡한 곡이라며 피아노 소품 몇 곡을 연주하는 그의 등 너머로 달빛에 비친 센 강이 유난히도 낭만적인 것은 어쩔 수 없는 일이었다. 그날 저녁 달빛과 비프 부기뇽, 와인, 무엇보다도 '문 라이트 야상곡'의 일조로 난 그와 그 친구들을 우리 집에 초대하는 호기를 부리고 말았다.

내일모레 주말이 되면 돌아올 저녁 식사 메뉴를 고민하며 눈을 뜬 다음 날, 당시 룸메이트였던 M에게 의논을 했다.

"음식에 상당히 아니 모든 것에 박식하고 예민해서 뭔가 근사한 메뉴를 준비하지 않으면 정말 망신을 당할 것 같아. 무얼 준비해야 좋을까?"

"그래? 음, 지금이 한창 버섯 시즌이니 버섯 요리를 하지 그래? 제철 버섯은 프랑스인들이 고급 요리로 생각하거든!"

그래, 버섯 좋다! 왠지 지적이고 예민하고 고급스럽고.

초대된 이들이 다 모이자 초가 켜지고 샴페인이 터진다.

손님들이 준비된 아페리티프 플레이트와 샴페인을 즐기는 동안 계획한 버섯 리소트를 위한 준비에 들어갔다. 그 당시 살던 곳의 부엌은 파리에서 보기 드물게 오픈 키친이었다.

부엌으로 다가온 그는 겉으로는 드러나지 않게 은밀한 눈빛으로 식기장 안이며 부엌 여기저기 늘어져 있는 용품들을 살피고 있었다.

"당신의 테이스트taste는 참 알 수가 없네요. 세련되고 엘레강스하다 키치하기도 하고…. 이 유리 그릇, 이것만 봐도 마치 수공예 앤티크 같지만 사실은 공장에서 틀에 찍혀 나온 거거든! 여기 옆에 접한 선이 보이죠?"

그 순간 내 맘에서 얼음 산의 눈덩이가 구르기 시작하거나 둥지 밑에서 크랙이 가는 소리가 들리는 듯했다. 탐색으로 곤두선 탐정의 눈빛이 '씻어 체에 받쳐 놓은 버섯'에 꽂힌 순간이었다.

"오! 노! 버섯은 절대 물로 씻는 게 아니야! 브러시로 살살 닦아내야 해요."

굴러 내리던 작은 눈덩이가 집채만 해져 울타리를 부수고 커다란 아름드리나무를 넘어뜨린다.

그 이후 우린 누구랄 것도 없이 더 이상의 대화가 없었다.

지나친 세련됨과 지식이 사람 간의 예의와 정을 넘어 더 중요한 사람은 멋진 앤티크 유리병에 묻혀 살면 그만이라는 생각과 함께, 그날의 그 만남이 그와의 마지막이 되었다.

⚜

∫

Hunting

런던에 당일치기로 출장을 갔다 온 조지와 함께 걸어서 나란히 집으로 오는 길, 새로 진행되는 일에 열정적으로 몰두하고 있는 그에게서 사냥을 하고 돌아온 남자에게서 나는 냄새 같은 걸 느꼈다. 강렬하고 약간은 처절한 그런 야성의 냄새였다.

언젠가 직업관에 대해 이런저런 대화를 하다 내가 몽상가적, 이상적 이견을 낸 적이 있다. 당연하게도 조지의 직업관은 나와는 달랐다.

"나라고 일이 좋아서 하는 건 아냐. 해야 하니까 할 뿐이야. 가족에 대한 의무감이 대부분이지. 만약 할 수만 있으면⋯."

"할 수만 있다면?"

"예루살렘에 가서 히브리어로 경전을 연구하고 싶어."

문명 이전에 살았다면 그는 '맥 에어' 대신 도끼와 활을 들고 사냥을 나갔을 것이다. 사냥을 잘하건 못하건 무조건 나가서 살생하고 늘어진 생명체를 어깨에 짊어지고 들어와야 했겠지. 굶지 않고 굶기지 않기 위해. 누구보다 더 많이.

난 옛날부터 경쟁이 싫었다. 특히 공을 가지고 하는 스포츠가 싫었는데 알고 보니 숫자로 매겨지는 적나라한 경쟁이 무의식적으로 두려웠던 거다. 결국은 사냥을 못하면 덜 먹어야 하는 혹은 굶어야 하는 기본 질서는 하나도 변한 게 없다.

언젠가 조지가 나에게 쓸데없는 생각이 너무 많다고 충고를 했다.

"아마존 깊은 동굴 속 깊은 바다에 사는 해파리가 있어. 몇천 년도 더 살지. 왜 그런 줄 알아? 무뇌라서 그래. 해파리처럼 단순하게 살아봐!(Live like jelly fish!)"

그런 때가 오려나.

오늘도 삶의 전쟁터에서 치열하게 부딪히다 지쳐 돌아온 그의 옆모습에 맘이 처연해진다. 얼른 집에 가서 좋아하는 맛난 파스타를 정성껏 해줘야겠다.

들깻가루 샐러드드레싱

일본 스타일 들깨 소스를 조지가 무척이나 좋아한다.

주로 시판 제품을 사용했는데 오늘은 들깻가루로 그 샐러드 소스를 만드느라 오전을 다 보냈다.

이 소스는 무슨 마법처럼 채소를 싫어하는 사람들도 샐러드를 즐기게 한다. 집에서 만들어 보려고 얼마 전에 들깨를 잔뜩 사다 놓았었다. 깨를 꺼내어 볶기 시작하니 고향 집에서 맡던 고소한 향이 부엌 가득 피어난다. 이런 향기를 맡으며 우울하거나 불행할 사람은 세상에 없을 것이다.

구름이 무슨 파이 껍질처럼 켜켜이 눌러 앉은 저기압의 하늘 아래에서도 새들은 노래한다.

볶은 깨와 올리브 오일, 양파 식초, 사과 식초, 발사믹을 넣고 마늘도 한 네 쪽, 소금, 간장, 겨자, 빨강, 녹색, 검정 후추, 커리 가루 그리고 수제 생강 식초를 넣었다. 위의 모든 재료를 계속 믹서로 갈며 끓인 물을 부어 농도를 맞추고 소금과 간장 약간으로 간을 맞춘다. 뭔가 빠진 듯 심심해 멕시칸 말린 고추 다섯 개를 부러뜨려 넣었다.

이제야 맛이 딱 좋다.

점심은 따끈한 소스를 끼얹은 샐러드와 달걀 프라이, 비건 소시지와 바게트(요즘 옆 동네 바게트가 맛있어 식탁에 자주 올린다)로 때웠다.

깨로 만든 소스는 샐러드뿐 아니라 나물을 무쳐도 비빔밥에 버무려도 맛있는 그야말로 만능 소스다. 특히 육식을 안 하는 사람에게 중요한 영양소를 공급해 준다.

이제부터 바다 건너 일본서 온 소스 사러 한국 마켓 안 가도 되니 탄소 에너지 절약까지 된다. 착한 지구인이 되는 길은 부지런함과 사랑에서 시작된다.

∱
∫

불행도 행복도 쉼표, 온전한 제로 상태

생일은 그 많은 날 중 내가 세상에 나온 날일 뿐. 생일을 특별히 여기는 일이 더 이상 반갑지 않다.

그래도 조지가 생일 선물로 무엇을 원하느냐 묻기에 2제곱미터 텃밭 두 개를 만들고 싶으니 그 비용을 선물로 달라고 했다. 오래전부터 말로만 해오던 일을 이번에 실천하기로 했다. 이번 기회에 식구 생일이 돌아올 때마다 선물로 나무를 심을 계획이라는 성명도 동시에 발표했다.

오후 느지막이 화원에 가 레인 크로드(청자두) 한 그루, 체리 나무 한 그루, 블루베리 두 그루, 무화과 나무 한 그루, 방울토마토 모종 네

개를 사 왔다. 방울토마토 빼고는 모두 다 처음 심어보는 거라 공부를 좀 하고 심어야 할 것이다. 일단 날이 좋은 날, 각각의 나무들이 좋아하는 자리를 잡아주러 마당 곳곳을 눈여겨봐 두었다.

사람이나 식물이나 다 환경에 예민한 법이다. 식물도 옆지기랑 궁합이 맞아야 잘 자란다고 하니 그런 '관계'도 생각을 해야 한다.

혼자 저녁을 준비하며 이런저런 생각 끝에 마음에 푸른빛이 돌아 마당에 나가 달래를 채집했다. 달래를 감자와 갈아 녹색빛 나는 감자전, 달래전을 준비했다. 달래장을 만드는데 알뿌리가 제법 모양을 낸 잘 자란 놈들이 뿜어내는 향기가 대단하다. 노르망디 아낙네답게 케이크 대신 애플파이, 샴페인 대신 애플 사이다를 테이블에 올렸다.

대문 밖으로 조금만 나가면 시골길을 따라 수선화가 흐드러져 맘껏 채취해 와 식탁과 곳곳에 꽃꽂이를 했다. 꽃도 식사도 케이크도 자급자족이다.

시골에서의 하루는 쉴 틈도 놀 틈도 경계가 없을 만큼 할 일이 많고 바쁘지만 스트레스도 없고 즐겁고도 자유롭다. 난 누구에게 지시를 받지도 규율에 따라 시간에 맞춰 공간에 갇혀 살지 않는다는 것이 무엇을 의미하는지 배워가고 있는데, 그것이 바로 '완벽한 자유 absolute freedom'에 가까워지는 것이다.

하루 종일 무언가 바쁘게 움직이고 나서 잠자리에 들기 위해 세안을 하러 거울 앞에 섰다.

'앗! 나 오늘 세안하는 걸 잊었네?!! 아, 좋아라!'

∫

불편함의 혜택

이사 온 지 며칠 만에 부엌 개수대의 하수구가 막혔다.

화학 성분 내려보내기 싫어서 하수구 연결 부분을 직접 다 열어보고 막힌 상황 확인해 보고 쑤시개 철사를 써봤는데 그래도 안 내려가 결국 배관공을 불렀다. 겨우내 얼었던 땅과 하수구 파이프 쪽이 녹으며 진흙이 흘러내려 막혔으니 다음 주에나 집 밖 하수구 문을 열어 해결한단다. 다음 주까지 기다리라니, 기가 막혀라.

바가지에 최소한의 물을 받아 설거지한 뒤 안 버리고 (버리면 온종일 내려가기를 기다려야 하기에) 끝까지 버티다 결국 살살 흘러내리기를 반복하거나 화단에 가져다 버리거나…. 그렇게 최소한의

물 사용으로 식재료 씻기와 설거지에 익숙해져 간다.

이런 불편 속에 우물서 물 길어 와 밥 짓고 설거지하던 시절로 돌아가 조심조심 점심 준비하다 깨달은 바!

설거지를 하거나 식재료 손질하면서 수도 밸브를 열어놓은 채 나몰라라 하며 물을 낭비했었는데 하수구 막힌 덕에 물을 어디까지 절약할 수 있나를 본의 아니게 깨닫게 되었다.

한국에서 온 방문객들이 유럽에서 실생활을 하게 되면 가장 먼저 피부로 느끼는 것이 바로 불편함이다.

그러나 불편함이 나쁘지만은 않다. 물을 절약하며 불편하게 사는 삶과 편리하게 물을 낭비하는 생활 태도 사이, 우리가 얻게 되는 경제적 환경적 자원의 손실과 이득의 차이는 실로 엄청나다. 조금 불편해도 물 한 바가지로 해결할 수 있는 것들을 해결해 본다. 생태계 보존에 일조했다는 뿌듯함을 느낀다.

세상에 일어나는 모든 일은 무조건 옳은 것도 무조건 그른 것도 없다.

너무 편하게만 살려고 하지 않기로, 불편함이 주는 혜택을 기억하기로 한다.

∲
∫

매일의 주문

점심을 먹고 사놓은 양배추 한 통에 양파와 마늘, 당근을 넣어 막 김치를 담그고 나니 그새 오후 3시다.

점점 일하는 속도가 느려진다. 전에는 무엇이든 정말 빨리도 해내었다.

아이들이 오기 전 좋아하는 김치 한 통을 담가놓고 뿌듯한 마음으로 커피 한 잔 마시는 것이 오늘의 행복 한 줌이다.

어제는 큰아들이 문자를 보내 왔다. 아들 친구 중 나도 아는 앤디가 폐암 4기라면서 엄마도 부디 건강하라는 내용이었다. 레스토랑에서 밥을 맛있게 먹던 앤디의 앳된 얼굴이 떠오른다. 삶은 정말 잊고 있을 때마다 불행한 소식을 전달한다. 심호흡이 필요하다.

"엄마와 함께 지내지 못하지만 언제나 엄마의 건강을 걱정했어요. 지난 일들은 지나갔으니 염두에 두지 말고 언제나 동생들을 위해 엄마 건강을 챙기셔요."

큰아이에게도 김치를 담가 보내고 싶으나 LA까지 가다가 아마 폭발할 거다.

'보고 싶다.'

아이들이 엄마를 그리며 하는 말을, 나는 음식을 만들며 주문을 하듯 쏟아 넣는다.

내 아이들. 눈을 감으면 빚을 수 있도록 모두 다 담아두고 싶다.

∫

각자의 명상법

오후 여섯 시, 해가 뉘엿뉘엿할 즈음이면 조지는 어김없이 메디테이션에 들어간다. 옆에서 부시럭거리는 소음이 끊임없는데도 불구하고 명상에 깊이 빠져 있는 그를 보며 어떻게 하면 저렇게 집중을 할 수 있는지 궁금하기도 놀랍기도 했다.

"전에 요가 할 때도 그렇지만 명상에 집중하기가 정말 힘들어. 한 30초 지나면 무슨 생각이 차고 올라와서는 또 집중을 잃고 만 데 가 있지."

"당신도 당신 나름의 명상법이 있잖아?"

"???"

"음식 할 때 말야. 최근 보니 그림 그릴 때도… 사람들마다 각자의 명상법이 있어. 부처는 앉아 하는 명상 외에 걸으며 하는 명상을 했지. 음식을 할 때 그 많은 다양한 재료를 온통 늘어놓고 그 정신없이 복잡하게 돌아가는 상황에서 집중하는 당신을 보면 정말 집중력이 대단하다는 생각을 해."

'정말 그렇네!'

그의 말대로 가지로 시작해서 라타투이가 될 때까지 난 그 어떤 방해도 받지 않으며 오로지 원하는 '맛'의 경지에 도달하기 위해 씻고 다듬고 썰고 조리를 한다. 그 경지의 끝은 맛있게 먹고 느끼는 '행복감'이라는 아주 단순하고 절대적으로 거짓이 없는 가치이다.

무엇인가에 집중을 못 하고 어수선한 정신 상태가 계속된다면 궁극의 목적을 잃는 삶이 되기 쉽다. 정신 건강을 지키려면 자신에게 맞는 명상법 하나 정도는 찾아볼 일이다.

저녁을 준비하러 갈 시간이다. 아이들에게로 달리는 마음을 부엌 양념 명상으로 달래야겠다.

⚜
∫

가족의 밥상에는

음식을 만들고 차리고 먹는 일에 애정이 많다 보니, 영특한 AI가 묻지도 않는데 아침이면 어김없이 쿠킹 사이트 정보를 배달한다. 들여다보면 모두들 대단하고 기발하며 먹음직스럽다. 미인 대회의 미인 같은 음식 레시피들로 가득하다. 원시인의 채집으로 시작해서 전통적인 것부터 미래적인 것까지, 지구를 샅샅이 한 바퀴 돌고 남북을 수직으로 훑어 내린다. 지구에 없을 법한 재료를 써가며 스타다운 말투와 카리스마적 캐릭터에 화려한 집기와 식기들이 현란하기까지 하다. 주방 기기마저 슬쩍 럭셔리 라인으로 비추어 가며 사람들의 눈과 침샘, 정신 상태를 뒤흔들어 놓는다.

'봉골레 파스타'를 치면 만 가지 레시피, 만 명의 스타 셰프가 덤벼든다. 무얼 고를까 망설이다가 들어본 인물이나 사이트 몇 개를 뒤적어본다. 이것저것 들춰보다 가장 쉽거나 재료가 복잡하지 않거나 혹은 내 미각에 맞는 것을 선택한다. 내 경우는 세 가지 정도를 보고 맘에 드는 꿀팁이나 절대로 지켜야 할 비율이나 재료를 습득한 후에 '내 맛대로'의 과정을 거쳐 손쉬운 방법으로 만들어낸다. 재료는 내가 선호하는 것들로 골라내거나 대체하기도 하고 전혀 설명되지 않은 것을 추가하기도 한다.

태산 같은 정보의 홍수 속을 헤매던 어느 날 이런 생각이 들었다. 정말 유튜브나 인스타그램 덕에 요리책 안 들추어도 되니 고맙지만, 조리에 서툰 사람들은 정보의 홍수에 지레 겁을 먹거나 강박 관념에 오히려 의욕을 상실할 수도 있다는 생각. 누군가에게는 그런 재료나 조리 시설이 구비되지 않으면 그런 훌륭한 음식을 만들고 먹는 걸 애초에 포기해야 한다는 회의감마저 들 것 같았다.

생각해 보면 내 젊은 시절 최고의 관심사였던 사람들을 예민하게 만든 패션 트렌드가 이제 먹거리로 옮겨진 것 같다. 그 시절에 '무엇을 입을까?' 고민하던 것만큼이나 이제는 '무엇을 먹을까?'라는 주제를 중심으로 문화가 형성된다. 인터넷으로 슬쩍만 봐도 먹거리의 세계와 셰프의 수준이 패션계의 다양성 이상으로 엄청나다. 그러나 우리가 먹는 음식과 정보 사이의 친밀감은 어디까지가 진실일까? 너무 많은 걸 보고 듣고는 결국 라면에 김치를 선택하고 마는 이유는 무엇일까?

제철이면 알아서 떨구는 곡식과 과일, 채소들이 왜 그 하늘 아래 그 체온을 달고 우리에게 오는지를 생각해 본다. 숱이 많고 검은 내 아이의 머릿결이 보리밭의 물결을 연상시키는지. 약해지는 어머니의 치아에 홍시는 얼마나 더 부드럽고 달콤한지.

결국 식재료에 대한 원초적이고 본능적인 애정과 먹는 이들에 대한 사랑이 음식의 본질이 아닐까.

수채화 한 장을 그리듯 그렇게 가볍게, 하얀 종이 같은 빈 그릇을 준비해 본다. 그 그릇을 채워야 할 것은, 누군가의 입맛으로 고른 정답이 아니라 내 마음 가는 대로 생각하며 그려낸, 담백하고 간결하나 진정성 있는 우리 가족의 입맛이다.

⚜

∫

우연한 발견

모험을 하지 않는 편이라면 우연이 주는 발견은 포기해야 한다. 우연이 주는 발견의 가치는 그 창조적 돌연변이에 놀랍기까지 하다.

유난히도 피곤한 오후였다. 중요한 미팅을 간 조지가 올 시간이 늦어 걱정 반, 미팅이 길어지니 잘되는 거겠지 안심 반. 그러다 부엌에 오니 자그마한 걱정이 들어선다.

'저녁으로 뭘 하나?'

사는 동안 매일 반복적으로 단 한 번도 빠뜨릴 수 없는 고민이다. 좋아하는 연어는 요즘 너무 자주 먹었고…. 냉장고 안을 뒤져 보니 먹다 남은 푸아그라가 있었다. 조금 더 뒤지니 삶은 콩, 바질 페스토로 버무린 남은 밥과 삶아놓은 잡곡이 보인다. 마늘과 양파를 넣고 올리브 오일에 볶아 푸아그라를 넣고 소스로 만든 후 위의 남은 재료를 다 넣고 개죽을 쑤었다.

나야 워낙 가리지 않고 잘 먹어 걱정 없지만 비주얼에 민감한 조지의 입맛에 맞을지 어쩔지 고민하다가 그가 문을 여는 소리에 후다닥 식탁을 차린다. 콩테 치즈를 후루룩 뿌려 내놓으니 비주얼도 제법 그럴듯하다. 추운 날씨에 딱 좋은 고열량 한 그릇을 아주 맛있게 잘 먹는다.

신 메뉴 하나가 늘었다. 푸아그라 리소토! 메뉴 하나가 늘 때마다 살길이 생기는 셈이니 이 얼마나 신통한 일인가?

항상 같은 메뉴만 먹는 사람들이 치매에 걸릴 확률이 높다는 '믿거나 말거나'인 학설도 있다니 식단 앞에서도 모험과 도전을 게을리 하지 말 것이다.

내 사랑 장바구니

처음 보는 거다. 꽈리 같은 껍질에 쌓여 있어 처음에는 꽈리인 줄 알았다. 서너 개 집었다 그중 한 놈만 데리고 왔다. 첫마디 말을 걸기가 힘들듯, 새로운 식재료를 집에 데려오기까지 망설이는 순간이 있다. 먼저 '맛'을 봐야 한다.

처음 유럽 장터에서 색깔, 크기가 각기 다른 못 보던 종류의 토마토들을 보고 무척 신기해했다. 그 전까지 토마토는 늘 먹는 붉은 것 아니면 방울토마토 두 가지만 있는 줄 알았는데, 껍질 자체가 쭈글쭈글한 토마토ancient tomato, 녹색과 붉은색이 진하고 맛도 진한 토마토, 노랑과 주황색 등 색깔만 다양한 것이 아니라 모양도 둥글넓적한 것부터 길쭉한 것까지….

'호모 사피엔스 사피엔스homo sapiens sapiens'. 학명의 껍질을 벗기면 하나일 수 없는 그 수많은 인간 개체처럼 토마토도 하나의 이름 아래 수많은 텍스처, 주스의 농도, 당도, 신도 등이 놀라울 정도로 다양하다.

'호기심'이 필요하다.

장 보는 태도에서 테이블의 운명은 이미 반 이상 결정된다. 무엇이 나왔을까? 지금 제철 채소나 과일은 무엇인가? 뭔가 좀 새로운 걸 도전해 볼까? 샐러드도 재료의 선택에 따라 무한대의 맛이 개발된다.

육류도 부위에 따라 맛이 다 다르며 조리법에 따라 다른 썰기가 필요하다. 생선이냐 고기냐, 닭고기 껍질을 남기느냐 마느냐, 내장을 사용할 것이냐 마느냐…. 심사숙고해서 골라 온 재료를 조리대 위에 늘어놓고 색과 결, 식감과 향기를 음미하듯 그냥 가만히 바라본다. 그야말로 '해볼 맛'이 결정되는 순간이다.

'희망'은 앞으로 벌어진 식탁에서의 광경이다. 맛있는 음식을 앞에 두고 식탁에서 일어나는 소음, 음식 냄새, 웃음, 재미난 이야기, 싹트는 우정, 연애 등.

'음식은 사랑이다Food is love'를 전달하고 픈 희망!

세상에 음식보다 더 좋은 대사ambassador는 없다.

디자이너의 식탁

식탁의 룰

우리 모두는 타고난 식성이 다르다. 태어난 지 얼마 안 된 아기조차도 선호하는 이유식이 있다. 엄마 배 속에서부터 식성을 달고 나온 듯하다. 외모나 목소리, 체격과 두뇌, 성격이나 질병들과 다를 것 없이 식성도 DNA에 새겨진 특성이다.

더 놀라운 학설은 우리가 배 속에서 보내는 (이를테면 '오늘은 고기 먹고 싶어' 같은) 모든 메시지의 인플루언서가 다름 아닌 배 속의 박테리아라는 사실이다. 이 배 속 박테리아의 성질과 종류가 식성은 물론이고 인성과 행동 양식, 지능까지 관장한다. 우리는 결국 미생물에서 진화해 미생물의 지배를 받고 살고 있다는 것이다.

옛 어른들은 성격이 좋은 사람들을 가리켜 "배 속도 편하다."라고 말하곤 했다. 내장 안에 이로운 박테리아균을 다양하게 가지고 있어야 건강한 메타볼리즘이 형성되고 그로 인해 성장, 인성, 체력, 행동 방식조차 평안하고 건강해진다는 것이 그냥 나온 말이 아님이 과학적으로 증명된 셈이다. 결국 우리가 그렇게 많은 노력과 시간 그리고 돈을 투자하며 얻고자 하는 모든 것(교육, 건강, 체력, 외모, 관계 등)이 상당 부분 내가 무엇을 먹느냐에 달려 있다.

식생활은 매 순간 선택의 문제다. 진화는 한 번에 간단히 이루어지지 않는다. 오랜 시간 혹은 어느 정도의 단계적 과정과 절대적 시간을 필요로 한다. '식탁의 진화'도 이 과정을 거치지 않고 습관화되기 어렵다.

나 역시 6~7년 전부터 시작해 지금에 이르기까지 식단과 다이어트에 새로운 시도와 실패를 거듭해 왔다. 이 모든 경험을 통해 변화한 내 '식탁의 진화'를 되도록 많은 이들과 공유하고 싶다.

나는 철저한 '경험론자'다. 반복적 시도와 체험을 통해 나와 내 가족의 식탁을 본질적으로 개선하는 것에 목표를 두고 살아왔다. '무엇을 먹지 마라, 무엇만 먹어라' 같은 내용보다는 좋은 식자재에 대한 정보와 레시피, 디톡스 같은 나의 경험, 내가 중요하게 생각하는 '식탁의 룰'을 적어보면 다음과 같다.

1. 채소와 과일의 소비량을 늘렸다. 양만큼이나 다양함과 제철 위주의 선택도 중요하다. 매 끼 식사량의 반 정도를 채소와 과일로 한다.

2. 동물성 단백질 소비를 절대적으로 줄였다. 여행과 가족 모임, 계절에 따라 이 부분에 변화가 있으나 전반적으로 소비량을 줄이고 있고 현재는 치즈와 요구르트, 달걀을 제외한 육류 제한의 식단을 시도 중이다.

3. 식사의 양과 종류를 줄이고 조리 과정의 단순화를 항시 염두에 둔다.

4. 녹색 주스와 레몬수, 차 마시기로 디톡스를 꾸준히 해준다.

5. 동물성 지방을 몸에 이로운 식물성 지방으로 대체한다.

6. 패키징된 상품보다 자연에서 바로 온 내추럴 식품을 선택하려 노력한다. 쓰레기도 줄이고 환경 오염에서 해방되는 방법이다.

7. 유기농 식재료를 선택하려고 노력한다. 유기농은 우리 자신을 화학적 독성에 노출되지 않게 하기 위한 선택이기도 하지만 유기농 농경 문화를 지지하는 마음도 크다. 농약을 쓴 식품을 소비자가 멀

리하면 농부들도 농법을 개선할 수밖에 없다. 가격이 좀 비싸다고 하지만 적게 소비하고, 덜 먹고, 안 버리면 가능하다.

8. 외식을 거의 안 한다. 식사 모임은 집으로 초대, 여행할 때는 부엌 딸린 레지던스로, 길을 떠날 땐 집에서 간식 챙기고 마실 음료를 미리 준비하여 내 부엌에서 만들어지지 않은 식품을 거의 소비하지 않는 편이다.

9. 과자나 케이크, 사탕, 소프트 드링크, 온갖 음료수들은 거의 사지도 먹지도 않는다. 설탕이 마약보다 중독성이 더 높다고 한다. 그 결과로 인해 요즘 사람들의 입맛은 단것에 대한 욕구가 이전보다 훨씬 강하다. 음식에 설탕을 습관적으로 넣다 보니 달지 않은 식재료 고유의 맛을 맛없는 것으로 받아들이기도 한다. 제2유형 당뇨병이 급격히 늘어나고 있는 이유다.

10. 간헐적 단식을 시작했다. 식사량의 조절도 중요하지만 단식을 통해 몸의 장기에 휴식을 주고 배고픔이라는 충격을 몸에 줌으로써 회복 기능을 활성화하려고 한다.

이러한 '식탁의 룰'을 늘 생각하며 장을 보고 식탁을 차린다.

✢
∫

구석기 시대 다이어트

전남편이자 내 두 아이의 아빠, 그의 직업은 프로페셔널 축구 코치다. 독일 국가 대표 청소년 리그 수석 코치를 거쳐 분데스리가 퍼스트 리그 부코치와 수석 코치를 섭렵한, 독일 축구계에서 꽤나 유능한 코치로 인정받은 실력가이다. 국가 대표 코치가 되기 위해서는 유니폼 견장에 별 3개를 달아야 그 자격이 주어진다. 이 최종 라이선스를 획득하기 위해서는 3단계의 교육 과정과 테스트를 통과해야 한다.

루카가 태어난 후 한국 프로팀과의 계약이 완료되자 우리 가족은 유럽으로 이주했고 이후에 그는 세 번째 별을 따기 위해 그 교육 과정을 이수해야 했다. 시험을 본다고 잔뜩 긴장한 그에게 교육 내용에 대해 물으니 거의 의대 시험과 같다고 설명했다. 신체의 구조, 각 부위의 기능과 운동 신경을 비롯한 신경계 같은 광범위하고 기초적인 의학적 지식을 습득해야 하고 신체 발달을 위한 기술적 연구와 영양학까지도 공부한다는 것이다. 그렇지 않아도 예민한 성격의 그가 공부 스트레스까지 겹쳐 당시 몹시도 예민했던 걸로 기억한다.

훌륭한 선수는 물론이고 코치가 된다는 것은 그저 운동만 잘해서 되는 것이 아니라고 했다. 자신의 신체와 그 기능을 최고의 조건으로 만들기 위해 인내심을 바탕으로 혹독한 훈련을 견디기 위해서는 남다른 철학이 필요하다.

내셔널 청소년팀 코치가 되면서 신체에 대한 그의 연구 심도는 더더욱 깊어져갔다. 의학계 전문가들에게 끊임없이 자문을 구하는가 하면, 영양학 전문가들을 초대해 특별 강의를 열곤 했다. 선수와 코치들에게 올바른 식재료에 대한 지식과 조리법에 이르기까지 그 분야 어느 전문가 못지않은 먹거리에 관한 지식과 연구 결과를 지속적으로 습득하고 있었다.

그때나 지금이나 부엌에서 조리하기를 즐기던 나에게 그가 몇 차례 던진 핀잔 같은 말이 요즈음 부쩍 생각난다. 그때는 몰랐던 것들을 이제야 제대로 이해했기 때문이다.

"그냥 먹어도 맛이 훌륭한데 왜 자꾸 조리를 더하는 거야?"

"당근이나 오이에 드레싱을 뿌려 샐러드를 하거나 카레를 하는 대신 그냥 썰어 먹는 것이 훨씬 몸에도 좋고 시간과 에너지 절약 차원에서도 좋아."

매사에 이런 메시지였다.

유럽으로 이주하기 직전까지도 서울의 잘나가는 레스토랑, 파크를 운영했던 내게 이 같은 의견은 '말도 안 되는 말'이었다.

"다들 맛있다는 파크 음식을 보고 칼로리가 너무 높다고? 친구들 모두 맛있다며 바닥까지 긁어 먹는 레시피를 포기하고 그냥 오이나 썰어 먹으라고?"

음식에 관한 이견은 결혼 생활의 잦은 분쟁 원인 중 하나였다. 몇천 년을 거듭 발전해 예술의 경지에 이른 '조리'의 유희를 단지 기능적 이유 때문에 포기하라니? 어디 그뿐인가? 멀던 이웃도, 서먹하기만 했던 유치원 학부모도 모두 집으로 초대해 정성껏 차린 테이블 외교로 하룻밤 사이에 친구가 되었으며, 시부모와 아이들도 서양과 동양이 교묘하게 만나 이루어진 독특한 맛의 나의 음식을 매우 좋아했다. 아끼고 사랑하는 이들을 위해 식단을 고민하고 장을 보고 끓이지 않는 웃음 속에 나누는 식탁의 행복이야말로 당시의 내게 없어서는 안 될 '행복의 조건'이었다.

우리 아이들과 친한 쌍둥이 남매의 아빠 톰은 우리 부부의 문제가 나의 '과한 요리'에 있다는 말에 놀란 눈으로 이런 말을 농담처럼 던지곤 했다.

"난 정말 M이 이해가 안 가요. 나 같으면 매일 맛있게 차려진 식탁을 그저 감사히 즐기겠어."

잘 차린 식탁을 불평과 핀잔으로 밀어내는 그의 태도에 굴하지 않고 나는 나대로 열심히 음식을 차리고 또 차렸고 우리의 간극은 갈수록 벌어져갔다. 음식에 대한 다툼은 시작이었을 뿐, 거의 대부분의 일상에 사사건건 이견을 보이던 우리 부부. 헤어짐은 시간문제였다.

이혼 후 프랑스에 정착을 해 한두 해 지날 즈음 '석기 시대 다이어트'가 화제가 되고 있었다. 팰리어리틱 다이어트paleolithic diet, 즉 구석기 시대 다이어트는 미국 콜로라도 주립대학의 〈구석기 다이어트〉의 저자 로렌 코데인Dr. Loren Cordain의 학설에 의해 선풍적인 인기를 끌었다. 인간은 야생 동물과 자연에서 채취된 과일과 채소들을 먹고 소화시킬 수 있게 디자인되어 있으니 탄수화물 섭취와 과도한 조리,

염분과 설탕을 줄여 몇만 년 전 호모 에렉투스의 테이블로 돌아가야 한다는 것이다.

이 학설에서 가장 중요한 점이 바로 신선하고 자연의 상태에 가까운 식사를 하라는 점이다. 생식을 하라는 극단적 이해보다는 패스트푸드와 가공식품을 줄이고 지나친 양념을 피하는 것이 현대인이 이 학설을 적용하고 이해할 수 있는 범위이다.

두 번째로 원시인이 그랬듯 자신의 주변 환경에서 나온 먹거리로 상을 차리라는 것이다. 식재료의 장거리 운반을 위해 사용되는 방부제나 기타 화학 물질, 연료 낭비 등 수입 식품의 의존이 커갈수록 이에 따른 환경 문제가 발생하기 마련이다.

마지막으로 한 번쯤 생각해 볼 점이 먹거리 수렵과 채취를 위한 원시인의 에너지 소모와 현대인의 행동 습관 비교다. 원시인이 먹을 것을 구하기 위해 사력을 다했다면, 현대인은 휴대폰으로 배달시켜 먹는다. 몸을 써서 먹거리를 찾던 시대와 돈으로 서비스를 받는 시대의 장점과 단점을 살펴 무엇이 우리의 '건강한 삶'을 위한 길인지 생각해 보게 하는 학설이다.

＊
∫

계장 대신 가리비장

옆 동네 '주노 비치'를 걷고 오는 길에 어시장에 들렀다. 늘 가던 생굴 가게가 문을 닫아 옆 가게들을 돌아보다 간장 계장 생각에 가리비 살을 좀 샀다. 좀처럼 혼자 먹겠다고 식자재를 안 사지만 간장 계장의 유혹은 인내의 한계를 넘어선다. 가끔 새우장처럼 가리비 살을 간장과 정종에 담가 가리비장을 만드는데 맛이 기가 막히다. 가리비의 쫀득함과 달달한 맛에 깔끔하고 감칠맛 나는 간장까지⋯. 여기에 사용하는 간장은 다시마와 말려둔 마늘 껍질, 양파, 매운 고추를 넣고 끓여 정종과 섞어 만든다.

가리비를 사면서 곁눈으로 보니 생어란이 마켓에 나와 있다. 흔치 않지만 가끔 이렇게 프랑스인들이 잘 먹지 않는 꼴뚜기, 낙지나 오징어 다리 따위를 모아 싸게 파는데 그런 것들을 사다 젓갈을 담근다.

조지가 두 달 넘게 육식을 멈추어 나도 식사를 거의 채식 위주로 해오고 있다. 나쁘지 않다. 몸은 반기고 입은 가끔 그리워한다. 때로 그가 빵에 치즈나 샐러드 정도로 간단히 먹겠다고 하면 그때 난 밥과 반찬으로 한식을 먹는다.

젓갈로 만들어두고 혼자 먹기 좋겠다는 심산으로 대구 알을 샀다. 1킬로그램에 9유로 정도니 한국 마트의 명란 값을 생각하면 정말 이야말로 '득템'이다. 집에 돌아와 유튜브에서 조리법을 검색해 소금 간을 한 후 생강술, 채집해 온 야생 페넬을 섞어 버무려놨다. 한 3일 숙성 후 체에 거른 고춧가루에 마늘즙 조금 넣은 고추 양념장으로 한 번 더 버무리면 끝이다.

한국에 갔을 때 사 오는 것은 제대로 짠 참기름과 들기름, 된장, 고추장, 고춧가루, 조선간장 정도다. 그 외의 것은 대부분 여기서 조달해서 먹는다. 많이 먹지는 않아도 너무 먹고플 때 없으면 정말 간절해져 가슴에 멍들지 않게 하기 위함이다. 10년이 훨씬 넘게 외국에 살다 보니 이젠 나름대로 무에서 유를 창출해 그럭저럭 대처해 먹고산다.

스파게티 면과 시판 짜장 가루로 만든 짜장면, 내가 담가놓은 오징어 다리 젓갈과 양배추로 담근 김치, 최근엔 청국장에 콩비지, 고등어 초절임회까지. 고국에서 멀리 사니 나 혼자 코리안 레스토랑을 운영하며 잘 먹고 잘 지낸다. 그러다 보면 어느 순간 온몸을 조이듯 다가오는 외로움이 식도를 타고 내려 위장에서 소화된다. 21세기 지구인으로 살아남는 방법이다.

모처럼 명란을 사면 냉동실에 두고 아껴 먹곤 했는데, 이제 이렇게 젓갈을 만들어 명란 달걀찜, 명란 달걀말이, 명란 비빔밥, 명란 찌개, 명란 크림소스 파스타를 실컷 해 먹어야겠다. 아, 무엇보다 김과 참기름과 파 송송 뿌린 명란젓을 갓 지은 밥에 얹어 먹어야겠다.

빈곤이 가져다주는 작은 행복에는 풍요에서 길 잃은 가치들과 비교할 수 없는 기쁨과 감사함이 있다.

따뜻한 염소 치즈와 샐러드

프렌치들은 무얼 해도 보기 좋은 그림을 만든다.

일주일에 두 번 서는 재래시장은 나의 소중한 놀이터다. 이제는 요령이 생겨 서툰 발음의 내 프랑스어를 잘 이해하는 청년이 있는 채소 가게도, 농약 안 치고 재래종인데 못생긴 과일을 싸게 파는 가게도, 단골 치즈 가게도 엮어놨다. 채소와 과일, 치즈를 2~3일 먹을 정도 사는 데 22유로 들었다.

신선한 염소 젖으로 만든 치즈를 중간 불로 달군 팬에 올려 살짝 굽는다. 뜨거움에 몸부림치듯 치즈가 얇은 피막을 뚫고 비어져 나올 즈음 팬에서 꺼낸다. 밀키한 치즈가 흘러내린 소스를 채소와 같이 먹는 맛이 일품이다.

　레드 와인 한 잔이 간절하지만 당근 주스에 물과 레몬을 섞은 칵테일로 대신한다. 식사 때 반주로 술을 배운 나. 그래서 폭주보다 더 술맛을 잊기 어렵다. 그마저 이젠 정말 줄이고 줄여야 할 나이가 되고 보니 맹물에 밥 말아 먹을 수는 없고 꾀를 낸 것이 바로 물에 과일즙을 아주 조금 섞는 것이다.

　살짝 시고 단맛이 나서 알코올만 없지 입안을 산뜻하게 해 입맛 돋우기 그만이다. 특히 레몬즙은 하루 한개 권장량이라 하니 이렇게 저렇게 가까이 두며 생활화하는 것이 나쁘지 않을 듯싶다.

고기 먹는 방법을 바꿔본다면

살짝 구워 입에 넣으면 살살 녹을 듯이 육즙이 흐르는, 마블링 좋은 고기를 즐기는 우리나라 육식 문화. 언젠가부터 한국에서 아무이견 없이 무조건 고급으로 인식된 불포화 지방이 다량 함량된 (가격은 더 무서운) 소고기가 건강을 해치고 있다.

마블링은 살코기 사이사이에 실핏줄처럼 퍼진 지방이다. 마블링이 좋은 고기는 그만큼 지방이 많다는 것이다. 그리고 이 지방이 우리 몸에 들어오면 혈관 벽에 붙어 혈전을 만들기에 심혈관계 질환을 일으키는 주원인 중 하나다. 등심집, 차돌박이집, 갈비집, 곱창집 등무조건 고깃집을 선호하는 외식 문화도 문제가 아닐 수 없다. 프랑스에서는 아예 곱창은 팔지도 않고 갈비처럼 기름이 많은 고기는 가격이 싼 저급 고기에 해당한다.

고기를 조금은 건강하게, 여럿이 맛있게 먹는 레시피로 '로스트 비프 로프roasted beef loaf'를 추천하고 싶다. 우리나라에서는 고기를 얇게 저며 즉석에서 구워 먹는 걸 즐기기 때문에 지방이 없는 고기는 퍼석해지고 질겨지기 마련이지만 서양 요리법은 고기를 덩어리째 장시간 오븐에 구워낸다. 오랜 시간에 걸쳐 천천히 조리된 고깃덩어리는 표면이 먼저 단단해지면서 속은 중간 정도나 살짝 익은 정도가 되는데, 이 상태로 식탁에서 잘라 먹는다. 커팅과 동시에 단단해진 표면 안에 갇혀 있던 고기 원래의 맛과 풍미가 순간적으로 쏟아져 나와 그 맛이 일품이다. 살짝 익은 단백질의 육질은 입안에서 녹는 듯 부드럽다. 간단히 소금이나 후추로 간을 하기도 하고 페퍼 소스나 와인을 조려 만든 소스, 디종머스터드를 곁들여 먹기도 한다. 주로 감자 퓌레나 오븐에서 고기와 함께 익힌 저민 감자 요리와 먹는다.

고기를 먹고 나서는 입가심을 하듯이 샐러드를 먹는데 소화에 도움이 될 뿐만 아니라 채소의 섬유질과 발사믹 식초 같은 소스가 장 내벽의 기름기를 녹여준다.

병 안 걸리고 고기를 더 오래오래 즐기기 위해 먹는 방식을 바꿔볼 필요가 있지 않을까.

로스트 비프 로프 만들기

1. 고기의 겉면을 올리브 오일로 골고루 발라 마사지하듯이 문지르며 부드럽게 마리네이드한다. 이때 소금과 후춧가루, 머스터드로 시즈닝을 하는데, 역시 속까지 잘 배도록 마사지하듯이 주물러준다.

2. 고기 사이사이에 칼집을 내어 로즈메리나 오레가노 같은 허브를 꽂아주어도 좋다.

3. 뜨겁게 달군 팬에 올리브 오일을 두르고 2의 고기를 올려 빠르게 돌려가며 겉면을 익힌다.

4. 180℃로 예열한 오븐에 3의 고기를 넣고 1시간~1시간 30분간 굽는다.

집에서 만드는 발효 식초

얼마 전 채집한 야생 장미 열매와 사과 껍질로 담근 식초가 잘 발효되었다. 브뤼셀 미니 양배추 샐러드에 장미 식초를 넣으니 뭐라 할 수 없이 맛이 산뜻하고 우아하다. 작으나 큰 변화를 가져다주는 양념은 내가 조금 더 인간다워지는 데 도움이 된다. 식초는 만들기도 간단한 데다 집에서 만드는 발효 식초는 그 맛이 다르다. 다 먹고 나면 사과 껍질이나 원하는 과일, 채소를 사용해서 계속 식초로 담글 수 있다.

슈퍼에서 당연히 사 오는 것들에 대해 생각해 본다. 패키징된 것들에 대해 의구심을 가져본다. 냉정하게 따져보면 실상 많은 것을 사지 않고 스스로 해결할 수 있다.

이런 인식을 하고 살다 보니 쓰레기가 훨씬 많이 줄어간다. 쓰레기가 적어지니 집 안이 향기롭고 내가 한가롭다. 우리의 생각의 전환이 아이들에게 건강하고 아름다운 세상을 남겨줄 수 있다면 더할 나위 없이 좋은 일이다.

TIP

사과 식초 만들기

사과를 통째 잘라서 써도 좋고 남은 껍질과 중심 부분을 사용해도 좋다. 껍질이 발효를 돕는다고 하니 버리지 말고 사용할 것. 빈 유리병을 전자레인지에 돌려 소독한 후 정수한 물을 붓고 사용 중인 사과 발효 식초를 작은 찻잔으로 하나 정도 넣는다. 살짝 단 정도로 설탕을 넣고 2주 기다린다. 3~4일에 한 번씩 유리병을 잘 흔들어주면 발효가 더 빨리 된다.

두 달 정도 그늘에 두면 발효가 깊어져 맛이 더 좋아진다. 완전히 발효되면 면포에 걸러 과일 찌꺼기는 버리고 식초만 빈 병에 담아 사용한다. 이 식초를 씨식초 삼아 계속 만들어 사용한다.

볼로네즈 vs 짜장 소스

아이들이 방학을 보내고 떠나간 자리. 반복되는 일이지만 늘 황량하기 이를 데 없고 낯설기만 하다. 아이들의 소음도 사라지고 어질러져 있는 물건도 없다. 이런 고요함과 정돈된 질서는 내가 원하는 삶이 아니다. 다 쏟아부어 어지르고 싶은 충동을 억누르며 언제나처럼 대청소를 한다. 장을 보는 일도 의미를 잃은 기분. 일단 냉장고 비우기를 해보기로 한다.

아이들이 못다 먹고 간, 갈아둔 소고기가 보인다. 삼분의 이는 조지가 좋아하는 볼로네즈 소스로, 삼분의 일은 언제부터 먹고 싶던 소고기 짜장 소스로 만들기로 한다.

올리브 오일에 마늘과 양파 다진 것, 애호박 다진 것을 볶는 과정은 볼로네즈 소스나 짜장 소스나 같다. 그다음 간 소고기를 넣어 볶는 과정도 같다. 볼로네즈는 토마토소스를, 짜장 소스는 짜장을 넣는 데서 국경이 확 그어진다.

오늘은 짜장 소스에 새로운 시도를 해본다. 나는 우울하거나 속상할 때 뜬금없이 창작열을 불태우곤 하는데, 확실히 우울을 극복하게 하는 효과가 있다. 오늘 요리에서는 주재료인 양파, 호박 외에 빨간 무beet를 썰어 넣는 것이다. 살짝 망설이다 시도해 보니 살짝 달아야 맛있는 짜장면에 조화롭게 어울린다.

모처럼 아이들 없는 테이블에 부부가 38선을 긋고 나누어 한쪽은 볼로네즈 소스, 한쪽은 짜장 소스를 엔젤 헤어 파스타 위에 얹어 먹는다. 빨간무 짜장 소스를 한 솥 만들어놓고 뿌듯한 나, 볼로네즈 파스타에 언제나처럼 만족해하는 그. 동서양 메뉴가 꼭 같을 필요도, 다를 필요도 없다. 적당한 합일점을 찾아 다른 것을 포용해 본다.

한 솥씩 만든 소스들은 먹고 난 것을 덜어 적당량으로 나누어 냉동 보관해 두었다. 급하게 무엇인가를 차려야 할 때 참으로 편하다. 나날이 테이블 차리는 게 힘에 부치는 내게 이런 저장식은 늘 도움이 된다.

어쩌다 레시피, 콩나물 앤초비 크림 파스타

    얼마 전 조지랑 함께 본 다큐멘터리에서는 '수자원의 절박함'을 충격적으로 보여주고 있었다. 우리가 마시는 커피는 단지 한 컵의 커피가 아니었다. 농경지에 물을 대어 수년을 키운 나무에서 커피 열매를 따 우리의 손안에 쥐어지는 한 컵의 커피가 되기까지 실질적으로 쓴 물의 총량은 몇천 컵이 넘는다. 한 병의 맥주, 한 병의 콜라 등은 말할 것도 없고 육류의 보급 과정 환산을 통한 햄버거 한 개를 위한 실제적 물의 소비량은 놀랍기만 하다.

    재작년에 다녀온 남아프리카공화국의 케이프타운은 올해 초 급기야 '데이 제로'라는 물 공급 중단의 날을 맞이했다. 다행히 곧 비가 내려 위기를 모면했지만 케이프타운 시민들에게 물 한 방울은 더 이상 예전과 같은 의미일 수 없으리라. 머지않은 미래에 물의 가치가 유류와 맞먹을 것이라는 예견은 허풍이 아닌 듯하다.

물 한 솥을 받아 맨 먼저 시금치를 삶아 건져내고 그 물에 콩나물을, 다시 파스타를 삶았다. 삶고 남은 물에는 작은 설거지 거리를 넣어 설거지 물로 썼다. 그러다 보니 파스타에 덜 걸러진 콩나물이 섞여 있다. 생각하다 아예 콩나물을 더 넣어 '콩나물 앤초비 크림 파스타'를 탄생시켜 보았다. 그야말로 어쩌다 레시피. 콩나물의 식감이 의외로 파스타의 면발과 잘 어울려 맛이 괜찮다. 게다가 탄수화물과 비타민의 이상적 영양 밸런스까지!

나의 수자원 보호 의지에 하늘이 감동하신 게 아닌가 싶게 맛도 괜찮다. '이게 어디 어울릴 레시피인가?' 고개를 갸우뚱하던 조지도 콩나물 한 가닥 안 남기고 다 비운다. 마음이 뿌듯해진다.

돈을 물 쓰듯 할 일이 아니라 물을 돈 쓰듯 해야 할 일이다.

세상에서 가장 쉬운 봉골레 파스타

파스타만큼 쉬운 요리도 없다. 만드는 방법도 지역에 따라 개인 취향에 따라 다 다르니 경험을 통해 내 입맛에 맞춘 나만의 레시피를 찾는 것이 정답이다.

내가 제일 만만하게 생각하는 건 너무 쉬운 봉골레 파스타.

적당히 깊은 냄비에 올리브 오일을 두르고 마늘과 양파를 볶는다. 불에 조리할 때 오일은 최소한으로, 먹을 때 추가로 뿌리는 것이 몸에 한결 이롭다.

양파가 캐러멜라이즈 되면 깨끗이 씻어 체에 거른 바지락을 넣고 냄비 뚜껑을 덮는다. 대합 같은 고급 조개를 선호하는 사람들도 있는데, 내 경험으로는 우리나라 바지락의 주시juicy한 맛은 봉골레 파스타로 최고다.

한 3~4분 있다가 소금 간을 하고 조리용 화이트 와인(없으면 정종)을 반 컵 정도 확 소리 나게 붓는다. 다시 한 번 끓어 오르면 불에서 내린다.

식성에 따라 이 기본 봉골레에 방울토마토를 반쪽으로 잘라 마늘, 양파를 볶을 때 넣기도 하고 셀러리를 잘라 같이 볶기도 한다.

매운맛을 좋아하면 멕시칸 고추 마른 것 3~4개를 부셔 넣으면 칼칼한 맛이 일품이다.

식구 중 매운 걸 못 먹는 멤버를 위해서 접시에 담은 다음 먹기 전에 오리오 피칸테(매운 고추를 재워 우린 매운 오일)를 따로 부어 먹어도 맛있다.

파슬리는 향기가 나도록 잘게 다져 먹기 직전에 솔솔 뿌려 먹는다.

진한 맛을 즐기면 소금 간을 할 때 피시 소스를 티스푼을 1~2술 넣기도 한다.

이탈리아에서는 살짝 덜 삶은 국수al dente를 소스에 넣고 국수에 소스가 잘 배도록 다시 한번 볶아내기도 한다. 나도 개인적으로 이 방법을 선호하는 편이다.

북부 지역으로 가면 볶을 때 고소한 맛을 내기 위해 버터를 조금 가미하기도 한다.

이탈리아 해안 마을에서는 해산물 파스타에 레몬즙을 뿌려 먹는데, 이렇게 먹으면 기름기가 있는 파스타의 소화에 도움이 되고 향도 좋다.

∗
∫

집에서 만드는 코티지 치즈와 채소 수프

남편과 한국을 방문하면 가장 큰 문제가 치즈와 버터 같은 유제품 조달이었다. 유제품을 구입하러 굳이 큰 슈퍼를 가야 하거니와 유럽에서 살 때보다 다섯 배가 넘는 가격 때문이다.

어느 날 문득 '간단한 치즈는 집에서 만들 수 없을까?' 생각을 하다 유튜브를 찾으니 코티지 치즈를 만드는 레시피가 여러 개 소개되어 있었다.

코티지 치즈는 우유를 중간 불에 데워서 산을 배합해 단백질을 응고시키는 간단한 과정을 거치면 된다. 그러나 이런 과정을 통해 얻어낸 몽글몽글한 식감의 갓 만든 치즈는 상상 외로 맛있다. 어른 아이들 할 것 없이 좋아하는 맛에 영양가 있고 값싼 치즈, 한 번쯤 시도해 볼 만하다.

우유 큰 팩 두 개 정도면 두 사람이 충분히 먹을 양이 나온다. 우유는 아무 종류나 상관이 없다. 조리할 때 무쇠솥이나 바닥이 두꺼운 팬을 사용해 우유가 바닥에 눌어붙지 않게 한다. 우유를 큰 솥에 넣고 중간 불에 천천히 데운다. 중간중간 눌어붙지 않도록 저으면서 데우는데, 한 20분 정도 소요된다. 손가락을 넣어 뜨끈하게 느껴지는 온도가 되면 불에서 내린 뒤 식초나 레몬즙을 커다란 컵에 가득 담아 데운 우유에 천천히 골고루 붓는다. 그런 후 바로 나무 주걱으로 역시 아주 천천히 저어 초가 우유에 섞이게 한다. 한 30분이 지나면 응고될 단백질이 다 응고되어 물과 몽글몽글하게 분리된다.

체에 밭쳐서 접시에 담아내어 빵이나 샐러드와 함께 먹으면 마치 갓 만든 두부처럼 별미이다. 먹을 때 식성에 따라 올리브 우유나 소금, 후춧가루 등을 뿌린다.

응고된 치즈를 거르고 나면 노란 액체가 남는데 비타민과 영양이 풍부하니 버리지 말고 각종 볶음 요리나 밥 지을 때, 수프나 빵 반죽할 때 사용하면 좋다. 또한 이 물을 데워 차를 타 마셔도 좋다.

기나긴 추운 겨울밤, 풍듀와 삶은 감자

일 년에 한두 번, 이맘때면 먹는 풍듀fondue, 감자가 맛있다.

난 풍듀를 별로 좋아하지는 않지만 마치 전골이나 즉석 떡볶이를 먹는 듯한 훈훈함에 조지가 먹고 싶은 기색을 비추면 마다하지 않고 해준다.

원래는 보포beaufort, 에멘탈, 콤테라는 세 가지 치즈를 일대일 비율로 포트에 넣은 뒤 마늘 몇 쪽, 사보이 화이트 와인을 넣고 녹인다. 걸쭉하게 녹은 치즈를 뜨거운 플레이트 위에 놓고 감자와 토스트나 말린 고기 등을 찍어 먹는, 산간 지방에서 추운 겨울에 먹는 음식이다.

꼭 이 세 가지 치즈가 아니더라도 난 때로 냉장고에 먹고 남아 오래된 이런저런 딱딱한 치즈들(크림치즈 같은 것은 제외)을 녹여 와인과 마늘을 넣고 만든다. 맛이 좋은 감자와 바게트만 있으면 그만이다.

기름기가 많기 때문에 초절임 피클 등을 곁들여 먹으면 좋다.

따끈하게 즐기는 노르망디 스타일 요리

유럽에서 홍합 요리에 쓰는 소스는 세 가지가 있다. 벨기에 스타일의 화이트 와인 소스, 이탈리아의 토마토소스 그리고 프랑스 노르망디의 크림소스.

노르망디 크림소스 홍합 요리를 먹기 전까지 난 맑은 화이트 와인 소스의 홍합 요리를 즐겼다. 프랑스의 홍합은 네덜란드의 것에 비해 크기가 매우 작으나 맛이 좋다. 달콤하고 대책 없이 맛난 홍합과 어우러진 크림소스의 맛은 다른 소스로는 대체 불가할 정도다. 양파와 마늘을 올리브 오일에 볶는다. 볶다가 소금으로 깨끗이 씻은 홍합을 넣고 적당히 화기에 뜨거워질 때쯤 프레시 크림을 넣고 뚜껑을 닫는다. 그리고 나서 마지막에 화이트 와인을 부어 끓어오르면 바로 불을 끈다. 모든 조리 과정이 10분쯤 소요될 정도로 짧은 시간 끓여야 홍합이 질겨지지 않는다. 곁들이는 채소로 셀러리를 썰어 넣는다. 여기서 화이트 와인 소스는 물과 화이트 와인으로, 토마토소스는 크림 대신 토마토소스로 맛을 내는 정도의 차이가 있을 뿐 기본 조리 방식은 같다. 다 끓인 후 식탁에 올릴 때 파슬리나 셀러리 잎을 다져서 내놓는다.

프랑스인들은 홍합을 다 먹은 뒤 국물을 껍데기로 떠먹거나 빵에 적셔 먹는 것을 즐긴다. 파리지엥들은 이 홍합 요리를 먹기 위해 날 좋은 주말이면 한두 시간 운전을 해서 가까운 노르망디의 도빌DeauVille이나 트로빌TrouVille을 찾는다.

뚜껑이 높고 속이 깊은 중형 냄비에 담은 홍합 요리와 프렌치프라이가 세트로 나오는데 뚜껑은 홍합 껍데기를 버리는 용도로 쓰인다. 사실 갑자기 홍합 요리가 생각나 벨기에까지 달려가 먹었다는 친구들도 있는데, 그러기에는 생각보다 너무나 쉽게 해 먹을 수 있는 요리이기에 한 번쯤 주말에 집에서 만들어 먹어보기 좋은 메뉴다. 프렌치프라이 말고도 삶은 감자나 바게트와 잘 어울린다.

노르망디 집안의 전통 요리 중 내가 애용하는 또 하나의 레시피는 대파의 일종인 릭을 활용한 요리다. '릭과 크림, 치즈를 이용한 오븐 요리'로 유제품이 주생산지인 지역의 생크림과 치즈, 릭의 조화가 전부인 간단하면서도 풍미가 가득한 음식이다. 채소를 싫어하는 남자들도 이 릭 요리라면 접시를 내밀고 달려들 정도로 맛있다.

팬에 올리브 오일을 두르고 릭과 마늘을 함께 넣고 살짝 볶는다. 난 릭이 갈색으로 살짝 변할 때까지 볶는데, 그 향이 좋기 때문이다. 볶은 릭을 오븐용 사기 용기에 담아 소금과 후춧가루를 골고루 뿌린다. 생크림에 달걀 두세 개(양에 따라 다르다)를 섞어 푼 다음 소금, 후춧가루, 머스터드를 넣고 다시 한번 섞어 릭 위에 뿌린다. 릭이 잠기도록 골고루 뿌린 후 표면에 파르메산 치즈나 구루메 치즈 등 좋아하는 치즈를 얹는다. 200℃로 예열한 오븐에 20분 정도 익힌다. 육류나 생선 메인 플레이트와 맛의 조화가 좋다. 파스타 위에 얹어 먹어도 맛있다.

한국에서는 대파로 만들어 먹어도 맛있다.

＊
∫

상큼한 지중해 스타일 요리

문어 카르파치오와 자두의 만남

지중해 연안의 나라들에서는 약속한 듯 문어를 즐겨 먹는다. 주로 올리브 오일과 소금으로 절여 먹는데 난 여기에 자두를 저며 함께 먹는다. 자두의 달고 신 맛이 문어의 쫄깃한 맛과 어울려 신선한 풍미를 주기 때문이다. 맛도 맛이지만 짠맛과 단맛, 색의 조화가 초여름에 잃기 쉬운 입맛을 자극하기 충분하다.

문어는 소금을 넣어 데치거나 쪄서 저민다. 저민 문어에 올리브 오일과 소금을 약간 넣고 주물러 맛이 배게 한 후 상에 올릴 즈음 자두를 저며 함께 올린다.

여름철에 시원한 화이트 와인 안주로 제격이다.

가스파초에 빠진 모차렐라 치즈

모차렐라 치즈와 저민 토마토, 소금, 올리브 오일, 레몬즙만 있으면 만들 수 있는, 간단하고도 영원 불변의 베스트 레시피로 지중해 식구들이 가장 사랑하는 여름철 메뉴다.

햇볕에 농익은 토마토의 과육과 만든 지 얼마 안 지나 신선한 모차렐라 치즈가 어우러진 맛은 그 자체로 환상의 궁합이다. 나는 이것을 내 나름의 레시피로 변화를 주어본다. 겨울철 온실 토마토나 일조량과 토양에 따라 토마토의 맛이 덜 농익는 우리나라의 토마토로는 이런 지중해의 자연스런 맛의 만족도를 얻기 힘들다.

토마토와 오이, 양파를 넣어 갈면 스페인 사람들이 여름철에 잘 마시는 냉수프 가스파초가 된다. 이렇게 갈아낸 토마토 베이스에 소금을 넣어 간한 다음 깍둑썰기 한 모차렐라 치즈를 넣고 올리브 오일과 레몬즙을 살짝 뿌린다. 바질이나 좋아하는 허브로 가니시를 한다.

토마토만큼 신선한 모차렐라 치즈를 구하기 어려운 우리나라에서도 쉽게 만들 수 있으니 건강한 애피타이저 레시피로 추천한다.

✠

∫

프레시한 매력, 이탈리아 스타일 요리

안심 스테이크와 무화과 샐러드

무화과가 한창 열리는 여름철이면 난 무화과를 사용한 샐러드나 치즈 플레이트를 식탁에 올리길 좋아한다. 잘 익은 무화과의 단맛은 은은한 향기와 함께 왠지 모르게 고급스러운 기품이 있다. 맛에도 기품, 우아함, 고상함이란 것이 있는데 인위적인 창작으로는 얻을 수 없는 그런 맛을 말한다.

이렇듯 고운 빛깔과 육질이 주는 매력이 단순하게 날 즐거움에 빠지게 하기 때문이기도 하지만 여름에 나오는 멜론이나 무화과 같은 과일의 단맛은 짠맛을 부드러우면서도 무리 없이 상승시키는 역할을 한다. 그 대표적인 예가 바로 이탈리아의 전채 요리 멜론과 후르시토다. 소금에 절여 건조한 육가공 햄을 얇게 저며 샐러드나 치즈와 함께 전채 요리나 와인과 곁들인다.

처음 이탈리아에서 이 전채 요리를 먹었을 때 떠올렸던 신선함이란? 그제까지 밥상의 음식은 짜면 짜고 매우면 맵고 그런 것, 결코 단 것이 짠맛과 이렇게 어이없는 두 가지 먹거리로 어울릴 줄은 상상도 못 했다. 함께 내놓는 것 그 자체만으로도 그저 놀라울 뿐이었다.

기름기가 적은 안심을 사서 올리브 오일과 후춧가루, 소금을 뿌려 간을 해놓는다. 샐러드용 상추와 허브, 양파 그리고 무화과를 깨끗이 씻어 알맞은 사이즈로 자른다. 재료가 보이도록 넓고 낮은 큰 샐러드 접시에 상추와 그 외의 채소를 예쁘게 깔아놓는다. 뜨거운 팬에 등심을 올려 미디엄 정도로 구워낸다. 구운 고기를 약 0.8cm 두께로 썰어서 접시에 담아놓은 채소 위에 얹는다. 소금과 후춧가루, 겨자와 간장 조금 그리고 올리브 오일과 발사믹 식초로 만든 소스를 골고루 끼얹는다. 그 위에 마지막으로 4등분한 무화과와 마른 팬에 구운 잣을 올린다.

오징어 먹물 파스타

오징어는 몸통에 먹물 주머니가 붙어 있다. 이것을 조심히 떼어 파스타 소스를 만들 때 그대로 활용한다.

팬에 올리브 오일, 양파와 마늘을 넣고 살짝 볶아 올리브 오일에 맛이 배게 한 다음 오징어를 살짝 프라이를 하듯 구워낸다. 오징어는 너무 오래 익히면 질겨지기 때문이다. 마지막에 화이트 와인 뿌리는 것을 잊지 않는다. 해산물 요리를 자주 하는 가정이라면 달지 않고 비싸지 않은 화이트 와인 한 병을 상시 준비해 두면 편리하다.

소스를 올리브 오일이나 크림과 먹물로 따로 끓여 내어 마지막에 파스타와 오징어를 섞을 때 뿌려 무치듯 버무리거나 오징어를 구울 때 같이 넣어 조리해도 좋다. 오징어 먹물에는 미네랄과 타우린 성분이 많아 항산화와 암 예방, 피로 해소, 간 기능 개선 등 다양한 효능이 있다고 한다.

이탈리아에서는 빵을 구울 때도 넣을 정도로 소중한 식자재로 쓰인다.

오징어 먹물을 소금 간해서 젓갈로 만들어놓고 나물 무침이나 김밥 말 때 간을 맞추는 용도로 써도 독특한 맛을 낼 수 있다.

TIP

파스타 외에도 찬밥을 오징어 먹물과 마늘을 넣고 볶아 팬에 구운 오징어와 곁들여 먹는 오징어 먹물 볶음밥도 한국인 식성에 맞으면서 간단하고 신선한 재료의 맛을 연출할 수 있는 레시피다.

∲

∫

가리비의 계절

가을철이면 싱싱하고 도톰한 가리비의 계절이다. 버터에 굽거나 크림소스에 홍합 요리처럼 첨벙 넣어 먹기도 하지만 난 가리비 초회를 해 먹기를 즐긴다.

가리비 관자 카르파치오는 가리비의 단맛과 쫀득한 식감이 그대로 담겨 있도록 간단하게 소스만 뿌려 특급 플레이트를 연출할 수 있는 레시피다.

가리비를 깨끗이 씻는다. 깨끗이 씻는 것이 매우 중요하다. 해물을 먹을 때는 항상 세균이나 바이러스 주의보를 확인하는 것도 잊지 말자. 냉동 가리비도 상온에서 해동을 하면 맛에 거의 차이가 없다. 이렇게 깨끗이 씻은 가리비를 가로로 얇게 편을 떠 소금을 살짝 뿌려한 30분 냉장고에 넣어둔다. 올리브 오일에 참기름 아주 약간 넣고 간장 조금, 흰 후춧가루와 카레 가루 약간을 넣는다. 여기에 레몬을 가리비 양에 따라 한 개에서 반 개 정도 즙을 짜 소스에 섞는다. 레몬 즙은 식재료의 식감을 더욱더 아삭하게 해주기도 하지만 세균을 없애는 데 큰 역할을 하니 많이 뿌려서 나쁠 것은 없다. 레몬이 없을 때는 사과 식초나 발사믹 식초도 괜찮다.

식성에 따라 고추냉이를 넣어 섞어도 좋다. 오가닉 레몬 껍질이나 라임 껍질을 가능한 한 얇게 저며 아주 섬세하게 썰어 놓는다. 냉장고에서 가리비를 꺼낸 뒤 접시에 얇게 잘 편 다음 스푼으로 소스를 떠서 골고루 뿌린다.

느긋하게, 휴일 브런치

휴일의 느긋한 아침은 누구에게나 즐거움이다. 나에게 휴일은 휴식과 함께 즐길 수 있는 브런치가 있어 더욱 그러하다. 조금은 늦은 기상과 함께 이른 아침 대신 브런치를 준비해 길게 즐긴다. 요즘 유행하는 간헐적 단식, 하루 2식에도 부합하니 아예 휴일에는 아침을 거르고 브런치를 먹는 스케줄로 정해 놓는 것도 좋겠다.

한 끼를 거르는 대신 탄수화물, 단백질과 무기질, 식이 섬유, 비타민이 골고루 조화를 이룬 균형 잡힌 식단을 준비하는 게 브런치 메뉴의 포인트다. 가벼우면서 신선하고 에너지가 충만해 남은 휴일을 활동적으로 즐길 수 있는 메뉴면 좋다. 바쁜 주중에 조리를 미뤄 냉장고 안에 잠자고 있던 채소나 과일을 씻고 다듬어 풍성히 차려놓고 빵과 달걀, 닭가슴살이나 연어, 치즈와 요거트 등을 그저 예쁘게 담아 즉석에서 비니거 오일 드레싱이나 소금 혹은 머스터드, 수제 마요네즈 같은 소스와 함께 먹는다.

엔다이브와 적양파 그리고 호두 샐러드

엔다이브는 살짝 쌉쌀한 맛과 단맛을 지닌 수분이 많은 치커리과 상추다. 성인병에 효능이 있고 체내 중금속 독성 물질을 배출해 내는 데 탁월한 효과가 있다. 드레싱은 쌉쌀한 맛을 덜기 위해 겨자와 무설탕 요거트를 배합해서 만들길 즐긴다. 호두와 엔다이브는 맛의 궁합이 매우 좋아 프랑스의 유명한 스테이크 하우스들이 즐겨 이용하는 레시피다. 사과를 채 썰어 넣으면 엔다이브의 쌉쌀한 맛이 사과의 신맛과 단맛으로 인해 중화된다. 채소의 쓴맛은 성분에 약용 효과가 있다. 쓴맛이 나는 채소를 맛있게 먹으려면 단맛과 신맛의 조화를 이해하면 좋다.

아보카도, 수란, 카망베르와 블랙 트러플 오픈 샌드위치

여기서 블랙 트러플은 엑스트라일 뿐 그다지 중요하지 않다. 우선 빵을 굽는다. 올리브 오일을 두른 팬에 빵을 올려 굽는 방법이 가장 좋다. 아보카도는 썰거나 으깨어 놓는다. 소금 간을 약간 해도 좋다. 달걀은 수란을 만드는데, 끓는 물에 국자를 넣고 그 안에 달걀을 조심스럽게 깨뜨려 넣 다음 달걀 주위에 식초를 뿌리면 모양이 흐트러지지 않고 응고된다. 카망베르는 썰어서 약한 불로 팬에서 살짝 녹이거나 전자레인지에 40초 정도 녹인다. 구운 빵 위에 아보카도, 수란, 카망베르 순으로 얹는다. 소금과 후춧가루, 올리브 오일을 뿌려 간을 맞춘다. 마침 집에 블랙 트러플이 있어 얹어 먹으니그 맛이 일품이다. 연어를 곁들여 먹어도 맛있다. 휴일 브런치로 손색없는 간단 메뉴로 영양도 가득하다.

339

버섯 크림소스를 곁들인 닭 가슴살 커틀릿

예전 패션계에서 일할 때 일 년에 두 번씩 이탈리아 밀라노를 방문하곤 했다. 그 당시 어느 자그마한 레스토랑에서 먹어본 송아지 커틀릿. 송아지 커틀릿의 원조인 밀라니즈 빌 커틀릿milanese veal cutlet에서 유래한 음식으로 조리 후 드라이한 식감에 버섯의 풍미가 더해져 잊지 못할 음식이었다.

집에 돌아와 닭 가슴살 커틀릿에 그대로 적용해 보았는데 역시 버섯의 풍미는 어떤 고기 요리에나 부담 없이 잘 어울린다. 손이 제법 많이 가는 요리지만 아이 어른 할 것 없이 좋아하는 레시피로 휴일 낮에 여유롭게 시도해 볼 만한 메뉴다.

미리 소스를 만들어 놓는다. 올리브 오일을 두른 팬에 양파와 마늘을 볶다가 버섯을 적당히 넣고 볶는다. 크림소스를 넣어 천천히 끓어오르면 불에서 내린다. 난 여기에 후춧가루와 소금, 겨자를 넣어 맛을 낸다.

닭 가슴살은 우유에 담가 소금, 후춧가루를 뿌려 하룻밤 재운다. 우유에 있는 유지방이 가슴살의 퍼석거림을 부드럽게 한다. 밀가루에 튀김가루, 부침가루를 섞어 닭 가슴살을 묻힌 뒤 약간 센 불로 데운 팬에 노릇하게 굽는다. 잘 구워진 닭 가슴살에 위의 크림소스를 뿌려 내면 된다. 다진 파슬리를 넣으면 느끼함이 덜하다.

∱

셀렘으로 차린 식탁

누군가를 위해 밥을 짓는다는 것에는 레시피 외에 또 다른 특별한 조미료가 있다. 바로 '셀렘!'

누군가를 위해 장을 보고 식재료를 씻고 다듬으며 뭔가 모르게 흥분이 되고 조바심이 났다면 이미 당신은 훌륭한 셰프가 될 가능성이 충분히 있다. 멀리서 오는 친구, 귀한 손님, 출장 갔다 돌아오는 남편, 오랜만에 차려 드리는 부모님 밥상⋯. 여태껏 '사랑'이란 재료를 아끼지 않고 넣어 설레는 마음으로 차린 테이블 덕에 밥이 맛없다는 말을 들어본 적은 없다.

식구든 친구든 멀리서 찾아오는 사랑하는 이들을 기다리며 장바구니 가득 음식 재료를 채워 하나하나 정성스레 손질하고 요리하는 것을 기쁨으로 여긴다면 이미 당신의 삶은 축복이 가득한 삶이다. 먼 길을 달려와 도착한 우리 집, 친구의 집에서 새어 나오는 맛있는 향기. 이만큼 진심 어린 마중이 있을까?

오늘 새벽, 애틀랜틱 오션을 날아서 집으로 오는 조지를 위해 미리 준비한 음식이다. 조지가 집에 오니 정말 좋다.

아귀와 채소찜

아귀lotte는 살만 발라 밀가루를 묻혀 팬에 굽는다. 무쇠솥에 대파를 깔고 마늘, 호박, 무 등을 올린 뒤 후춧가루와 꽃소금으로 간을 하고 예열한 오븐에 넣고 45분 정도 익힌다. 여기에 우리 식으로 다시마 몇 장 넣어본다. 찜 요리는 하루 재우면 더 맛나다. 테이블에 올리기 전 중간 불에 살살 데운다. 확 끓어오를 때 화이트 와인 뿌리는 것 잊지 말 것! 구운 아귀와 채소찜을 그릇에 담아낸다.

레몬 사랑

레몬은 어디에나 있다. 레몬에이드, 칵테일 잔에 올려진 레몬 슬라이스, 탄산수, 사탕, 과자 할 것 없이 여기저기에서 혀에 차오르는 신맛들.

최근 들어 레몬, 레몬 껍질의 효능에 대해 관심이 많아지며 레몬 디톡스, 레몬 다이어트를 하는 등 지중해 특산 향긋한 레몬풍이 불어오고 있다. 나도 레몬 사랑에 빠진 지가 10년이 다 돼간다. 이탈리아 여행 시절부터 레몬을 식탁에 빠뜨리지 않는 그들의 일상을 눈여겨본 덕이다. 이탈리아 사람들은 해물, 생선을 먹을 때면 우리가 초고추장을 찍어 먹듯이 올리브 오일에 소금 그리고 레몬즙을 잔뜩 뿌려 먹는다. 그뿐인가? 봉골레 요리에 레몬을 뿌려 먹으면 입안이 깔끔해지며 신맛이 조개의 단맛과 어우러지는 순간 묘하게 맛이 급상승한다.

프랑스에서는 생굴에도 레몬즙을 짜서 국물까지 들이켠다. 아, 지금 이 글을 쓰면서도 군침이 돈다.

그리스에서는 닭으로 죽을 쑬 때도 레몬 베이스로 만든다. 친할머니 레시피라고 어머님이 한 번 해주셨는데…. 맛은 상상 이상이다.

남쪽으로 갈수록 레몬 사랑은 더 진해진다. 이탈리아 남부에서는 리몬첼로라고 불리는 레몬으로 만든 리큐어를 후식주로 내놓는데 노란 색상에 달달한 맛까지 나 기분을 확 좋게 하는 음료다. 이 리큐어를 작은 잔에 따라서 공짜로 돌리는 레스토랑은 장사 좀 할 줄 아는 집이다.

매일 하루 레몬 한 개면 약이 필요 없다고 하니 우리나라 사람들이 마늘을 신봉하는 것과 비슷하다.

조지를 만난 지 얼마 안 된 첫 여름의 일이다.

카페의 테라스(프랑스인들은 추운 겨울에도 머리 위에 전기 난로를 매달고 죽어라 밖에 앉기를 좋아한다)에 앉아 음료를 시키는

데… 나는 좋아하는 소비뇽 블랑을 한 잔, 조지 차례가 오니 그는 시트론 프레셔(말 그대로 생레몬 눌러 짠 즙)를 시키는 거다. 레모네이드 같은 그 무엇이 생레몬즙으로 만들어져 나오나 보다 했는데 레몬을 통째로 짠 그대로를 담은 작은 잔과 맹물이 담긴 큰 컵이 같이 나오는 거다. 생레몬즙을 맹물에 타서 희석해 마시는, 아주 간단한 자연산 음료를 카페에서 메뉴 리스트에 넣어 팔다니…. 맛이 어떠냐고 물으니 그냥 레몬 짠 맛 그대로란다. 여름이 오면 가끔 이렇게 마신다고 한다. 어떤 사람은 설탕을 넣기도 하는데 그냥 먹으면 정말 다이어트에 도움이 된다나?

그러면서 친할아버지 이야기를 해주는데 할아버지가 가끔 과식을 하시면 시트론 프레셔를 이렇게 크게 한 잔을 쭉 드시곤 하셨다 한다. 조지의 할아버지는 바쁜 아버지 대신에 조지의 성장기에 큰 영향을 끼친 분이다. 돈이 좀 생긴 날에는 조지를 데리고 식당을 가서 메뉴판을 달라고 하곤 맨 윗줄부터 맨 아랫줄까지 검지로 쓸며 "여기서 여기까지 다 가져와요!" 했다는 전설 같은 일화의 대식가였다. 어느 추운 겨울날 바에서 위스키를 걸치시고 나오다 쓰러져 결국 74세에 운명을 다하셨는데 사인을 확인하러 온 의사가 "이 어르신, 이 몸무게에, 술 담배 즐기는 습관에 지금까지 사신 것도 기적입

니다."라고 했다나.

레몬 알갱이가 걸렸는지 이야기를 하는 중간중간 빨대를 빨던 조지의 입술에 힘이 들어간다. 순간 내 입에서도 군침이 찌르르 돈다.

"그런데 할아버지 이야기는 지금 왜 해요?"

"그게 말이지, 우리 집안 식구 다들 그 의사의 말에 동의하는데 원인을 아무리 생각해 봐도 별 게 없더라고. 굳이 들자면 선천적으로 호방한 성격이랑 시도 때도 없이 드시던 이 레몬 주스랄까?"

레몬즙이라면 샐러드에 식초 대신 뿌리거나 음식에 곁다리로 쓰는 정도였는데 할아버지 이야기 덕분에 레몬즙 자체를 집중해 마시는 습관이 생긴 셈이다.

레몬을 하루에 한 개씩 드시는 분들로 시어머니와 그녀의 자매들, 이모님들이 있다. 바다 건너 영국이 가까워서인지 노르망디 출신 외가 식구들은 식후 커피 대신 차를 즐겨 마신다. 점심, 저녁으로 큰 컵으로 차 한 잔 드실 때마다 레몬 반 개를 꼭 짜서 넣는데…. 몰랐던 사실을 알게 된 나, 그 후로 레몬 사용량이 늘었다.

두통이나 위장약 대신 식사 때 레몬을 반으로 쪼개 물에 짜가며 마시는 습관이 생겼다. 특히 기름진 음식을 먹고 나면 어김없이 즙을 짜 마신다. 밤에 자기 전 마시는 다양한 종류의 차에도 쪼르륵 짜서 마신다.

최근에는 주스 한 통에 사탕 큐빅이 60개가 들었다는 보고서를 본 뒤 주스마저 쇼핑 리스트에서 제외시켰는데 그 비용이 고스란히 레몬으로 채워지고 있다. 되도록 유기농으로 구입해서 껍질까지 사용하는 재미를 붙였다. 얇게 벗겨 차를 마실 때도 넣고 비린 음식이나 샐러드, 볶음 요리에도 넣는다.

생선 요리 하는 날은 레몬 껍질을 큰 볼에 담아놨다 설거지할 때, 오븐 용기 닦을 때 쓴다. 알차게 똘똘한 레몬은 정말 버릴 것이 없이 고운 식재료. 이 글을 읽는 모든 이가 레몬과 사랑에 빠졌으면 좋겠다.

김치 못지않은 생강

중학생 때 미술 학원을 다녔었다. 그 미술 학원을 생각하면 가장 강렬하게 떠오르는 것은 데생을 위해 벽에 줄 서 있던 줄리앙, 아그리파, 비너스 상이 아닌, 바로 연통 달린 연탄난로 위에 놓인 주전자에서 뿜어 나오는 생강차 향기다.

겨울이면 난로 위에서 물과 함께 보리차나 귤 껍질, 생강 등을 넣은 주전자가 종일 끓고 있었다. 물이 줄어들면 또 물 부어 끓이며 누구나 따끈한 차를 항시 마실 수 있도록 했다. 실내 공기를 타고 흐르는 은은한 향과 함께 자칫 건조해지기 쉬운 겨울 공기에 적당한 습도도 유지시켜주니 일석삼조였다.

생강은 몸을 따뜻하게 한다. 유럽에서는 중세 때부터 생강을 고기의 잡냄새를 없애는 주요 향신료로 썼으며 후추보다 값이 싸 인기가 좋았다고 한다. 향신료를 잘 쓰지 않는 영국인들도 인도의 영향을 받아 생강만큼은 차나 쿠키, 케이크 등에 넣는 등 다양하게 사용한다. 인도 카레 소스의 주요 향신료이기도 하다.

마늘이 불교에서 금하는 오신채(파 · 마늘 · 달래 · 부추 · 무릇) 중 하나다 보니 안 먹는 지역이 있는 반면 생강은 아시아 지역에 골고루 전파되어 있는 향신료다. 특히 중국과 동남아시아의 음식에는 빼놓을 수 없는 식재료로 향긋한 똠양꿍, 치킨 코코넛 커리, 바삭한 닭강정 등에 두루 쓰인다.

일식집에서 숙성 회와 함께 나오는 생강 초절임을 무척이나 좋아하는 나는 작은 종지에 두세 번은 퍼 먹는다. 특히 등이 푸른 생선을 먹을 때는 비린내는 물론이고 느끼한 맛을 없애주어 아무 생각 없이 계속 먹을 정도로 좋아한다.

이 생강 초절임은 개운한 김치가 필요한 한국인의 외국 생활에 요긴하다. 제육 요리를 할 때 김치 대신 넣기도 하고, 라면 먹을 때 냄새 나는 김치 꺼내기 꺼려질 경우에 제격이다. 튀긴 음식을 먹을 때도 기름 냄새의 느끼함을 없애고 위와 혈관에 기름이 쌓이는 것을 방지

한다. 그래서 난 홈메이드 생강 초절임을 항시 준비해 놓고 이렇게 저렇게 곁들여 먹기를 즐긴다.

여러 가지 레시피가 있지만, 난 그저 생강을 저며서 사과 발효 식초에 담가놓고 생각날 때마다 혹은 목이 부어 오거나 하면 먹는다. 그러면 정말 신기하게도 감기 기운이 오다가도 저 멀리 사라져버린다. 병 속의 생강이 비어가면 생강만 저며 채워 넣어 두세 번 더 먹어도 별 지장 없다. 그렇게 우러난 생강 향이 나는 식초는 초고추장이나 초간장 등 소스 만들 때 사용하면 좋다.

생강술 역시 우리 집 부엌에서 떨어지지 않는 재료다. 생강을 저며 일반 정종 한 병에 넣어두고 요리할 때 두루두루 쓰는데 비린내가 심한 생선을 조리 전 생강술을 뿌려 씻으면 말끔히 냄새가 가신다. 또 향기와 맛이 입맛을 돋워 훌륭한 아페리티보(식전주)로도 손색 없다.

당근이죠!

　하이델베르크에 살 때의 일이다. 아이들이 유치원에 있는 시간이면 일주일에 적어도 두세 번은 헬스 클럽에 운동을 다녔다. 그곳에서 가끔 마주치는 젊은 여성이 있었는데 키가 크고 얼굴은 주먹만 한데 스타일도 좋고 운동을 어찌나 열성적으로 하는지 늘 내 눈길을 끌었다. 그녀도 사우나를 즐겨 사우나실에 가면 자주 마주치곤 했다.

　그녀가 들어오면 어김없이 '사각사각' 이렇게 당근 썰어 먹는 소리가 났다. 몇 번 목격한 후 난 그녀를 '당근 소녀'라 부르기로 했다. 바나나, 사과를 간식으로 먹는 건 봤어도 당근을 싸 들고 다니며 먹는 걸 처음 목격한 내게는 꽤나 신기한 모습이었다.

독일에서는 당근을 아이들 간식으로 잘 내놓는다. 공원에 놀러 나갈 때도 빵이나 과자, 초콜릿보다는 당근이나 오이, 사과 같은 채소나 과일을 썰어 도시락에 넣어 와서 아이들에게 권한다. 눈치를 바로 챈 나도 아이들에게 간식으로 혹은 외출할 때 도시락에 당근과 오이를 담아 나가기 시작했다. 조기 교육의 자연스러운 결과인지 우리 아이들도 토끼 새끼들처럼 당근 간식을 무척 좋아한다.

프랑스인들도 당근을 주요 식재료로 사용한다. 한국인들이 볶음밥이나 잡채에 색을 내려 부재료로 쓰는 정도와는 차원이 다르다. 프랑스 당근이 유난히 달고 맛있는 것도 이유라 할 수 있다. 당근만 가늘게 채 썰어 레몬즙, 겨자, 마요네즈와 버무린 샐러드를 즐기는데 양배추 채와 섞어도 맛나다. 요 당근 샐러드는 웬만한 프랑스 슈퍼에서 만들어진 상태로 매우 저렴한 가격에 팔아 여행자나 다이어트를 시작한 사람들이 한끼 식사로 바게트와 먹기 좋다. 일광욕을 즐기는 프랑스인들은 특히 여름에 태양에 자주 노출되는 피부를 위해 집중적으로 먹는다. 당근의 베타 카로틴 성분이 눈이나 피부에 좋기 때문이란다.

프랑스 대표 요리인 비프 부기뇽 역시 고기와 당근을 주재료로 한 요리이다. 사태나 양지에 적당한 크기의 당근을 잔뜩 넣고 레드 와인과 버터로 맛을 내어 오랜 시간 조리하는데 처음 이 요리를 프랑스 친구 집에서 먹었을 때 그 눈물 나는 감격이라니! 명절이면 먹던 그리운 갈비찜 생각이 절로 나는 맛이었기 때문이리라.

당근 주스가 빠지면 섭섭하다. 난 주로 사과와 함께 갈아 먹는데 당근 주스를 물에 타서(물 5:주스 1 비율) 자주 마신다. 레몬을 짜 넣어 섞으면 그 맛이 더 좋다. 특히 채소가 부족한 식단일 경우 맘 편하게 식사를 할 수 있는 음료수가 된다.

유럽에서는 재래시장이나 오가닉 마켓에서 잎이 그대로 딸린 채로 당근 묶음을 판다. 어느 날 후배가 다발로 산 당근 잎 조리법을 묻길래, 먹는 건지도 생각해 보지 않은 터라 궁금해 검색을 해보니 당근 잎에도 당근 못지않게 비타민, 무기질, 섬유소가 많이 들어 있었다. 베타 카로틴은 물론이고 비타민, 아미노산, 칼슘, 칼륨, 마그네슘, 철분 등이 다량 들어 있어 몸에도 좋다고 한다. 섬유질이 다량 함유되어 장 청소에도 좋다. 향은 쑥갓과 비슷해 호불호가 강한 편이다. 당장 잘라낸 잎사귀 다발을 씻어내 두꺼운 줄기는 제거하고 반은 데쳐서 마늘, 양파, 참기름과 액젓을 넣어 무치고 반은 전을 지져냈다.

덤으로 얻는 당근 잎이지만, 요즘 나는 당근 잎의 매력에 푹 빠져 당근 잎 때문에 당근을 살 정도가 되었다.

∮
∫

시어머니 미셸과 렌틸콩

역사적으로 프랑스 여성들이 미모 가꾸기에 유별났다는 것은 유명 화장품 브랜드 숫자만으로도 알 수가 있다. 영원한 미를 유지하기 위해 금가루를 마신 16세기 여왕 '포와티에의 다이안 여왕Dian de Poitiers'부터 온갖 향신료와 화장 재료를 개발하고 발전시킨 베르사유 궁전의 안방 여인들까지 그 전통은 깊고도 길다.

마트 화장품 코너에서 마트 물건치고 비싼 화장수를 골라 계산대에 올려 놓으니 계산하던 프렌치 아주머니가 한 마디 던진다.

"피부에 바르는 것도 좋지만 역시 먹는 걸로 안에서부터 해결하는 것이 최고지요!"

몰랐던 것도, 새로운 이야기도 아니지만 두고두고 생각을 하게 만드는 일침이었다.

각종 좋은 성분을 피부에 전달하는 화장품의 효능에 대한 의혹은 예전이나 지금이나 늘 설전 거리다. 반면에 좋은 먹거리는 좋은 영양소, 각종 비타민과 무기질로 신진대사를 원활히 해 항산화를 촉진시켜 피부의 노화에 탁월한 기능이 의학적으로 증명된 지 오래이다. 혈색, 피부의 윤기와 탄력, 보습 모두가 다 골고루 잘 먹으면 된다는 얘기다.

프렌치 시어머니 미셸의 부엌에서 수년간 곁눈질을 하며 애정을 품게 된 몇 가지 식재료가 있는데 그중 첫 번째가 바로 렌틸콩이다. 어머니는 날이 추워지면 마른 렌틸콩을 불려 당근이나 다른 채소를 넣어 삶아 드신다. 버터나 크림을 약간 넣기도 하는데 처음 먹어본 순간 풍부한 식물성 단백질의 고소한 맛과 풍부한 무기질이 주는 흙맛에 반해서 체력이 떨어지면 나도 한 솥 끓여 밥 대신 먹는다.

인도의 렌틸콩이 우리나라 김치, 일본 낫토, 스페인의 올리브, 그리스의 요거트와 함께 세계 5대 건강식으로 선정되었다는데 시어머니는 일찌감치 이런 정보를 알고 계셨던 걸까.

렌틸콩의 이 조그만 입자는 오로지 좋은 요소들로만 이루어져 있다. 지방 제로, 몸에 좋은 식물성 단백질, 각종 비타민, 무기질, 철분, 섬유소 등이다. 성인병 억제에 절대적으로 필요한 요소들을 다량 함유하고 항산화와 근육의 생성에 좋을 뿐 아니라 다양한 비타민 B 복합군은 피부와 머리카락 재생에도 좋다고 한다.

시어머니 미셸과 이모님들은 모두 머리숱이 유난히 많고 탄력이 좋아 늘 비결이 무엇인지 궁금했었다. 겨울이면 감자처럼 궁한 채소나 다른 먹거리 대신 시도 때도 없이 밥처럼 내놓던 렌틸콩이 주요인이 아닌가 싶다.

오늘 이 글을 쓰다 말고 부엌에 들어가 렌틸콩을 잔뜩 불려 당근과 호박을 넣고 카레 가루와 올리브 오일, 소금, 간장 조금 넣어 한 솥 끓였다. 생선전을 부쳐 밥 대신 함께 먹으려 한다. 냉동 보관했다가 녹여 먹어도 맛의 변화가 없고, 남은 것은 냉장고에 며칠 두고 샐러드에 넣어도 먹고 고기 요리에 곁들여도 잘 어울린다.

소라와 마요네즈

프랑스인들이 가장 즐기는 3대 어패류는 바로 생굴, 홍합, 소라다.

파리에는 전통적으로 육류를 주로 다루는 레스토랑과 해물을 주로 다루는 레스토랑이 구분되어 있다. 이런 해산물 레스토랑은 거리에 굴, 소라, 새우나 게 같은 갑각류와 그날의 메인 재료인 생선들을 전시해 놓고 호객을 한다. 해산물 모둠 접시fruits de mer plateau를 시키면 굴, 새우, 작은 가재, 생조개, 게 등과 함께 빠지지 않고 나오는 것이 바로 이 소라다.

비린내를 즐기는 우리의 해산물 입맛과 달리 비린내를 지독하게 싫어하는 프렌치들은 우선 손질을 매우 깔끔하게 하고 화이트 와인이나 크림, 버터와 레몬 등으로 향기롭고 부드럽게 변화시키는 방식을 쓴다.

소라는 잡내가 안 나게 백포도주와 소금을 넣어 삶아 내놓는다. 관건이 바로 수제 마요네즈인데 우리가 알고 있던 마요네즈와 차원이 다르다. 고열량 고칼로리이지만 지방이 전혀 없는 소라를 찍어 먹으면 고소한 감칠맛이 일품이다. 소라와 마요네즈의 궁합을 맛본 이후 난 초장을 쓰는 골뱅이 무침만큼이나 이렇게 먹는 걸 즐기게 되었다.

소라에는 그 자체의 질감에서 느껴지듯 콜라겐을 생성시키는 물질이 다량 함유되어 있다고 한다. 그래서 프렌치 여성들이 달팽이와 소라를 좋아하는지 모르겠다. 맛도 좋고 피부에도 좋은 소라. 한여름 백포도주에 안주로 곁들이면 일품이다.

두부가 그리워서

산행 후 내려와 막걸리 냄새 풍기는 밥집에서 얼갈이김치를 얹어 먹거나 양념장에 찍어 먹는 고소한 생두부, 기름에 지져 멸치 넣고 양념장에 조린 밥도둑 양념 두부, 김치찌개에 두툼히 썰어 넣은 찌개 두부, 된장찌개 맛 살짝 밴 두부, 밥 비비면 술술 넘어가는 순두부 찌개, 매콤 칼칼한 두부 두루치기….

며칠째 한국에서 먹던 그 두부가 먹고 싶어 유튜브를 검색하다 두부를 만들어보겠다는 결심이 섰다. 병아리콩 하루 불려 초간수로 시도했지만 결국 실패하고 말았다. 두부 제조는 실패했지만 얼떨결에 얻은 병아리콩 비지에 마늘, 양파, 피망, 파슬리, 올리브 오일, 카레

가루, 계핏가루 넣어 만든 반죽을 튀겨 홈 메이드 중동 음식 '팔라펠 falafel'을 만들어봤다. 요즘 채식 위주 식단으로 진입한 우리 집 테이블 덕에 충동적으로 기름기가 그리워져 웬만해선 안 하던 튀김을 다 해봤다.

"맛있네, 맛있어."

양배추, 당근, 양파, 파슬리를 아주 잘게 썰어 기름과 식초, 소금으로 간한 중동식 샐러드를 곁들여 먹으니 튀김 뒷맛이 깔끔하다. 실패하고 남은 콩물은 수제 요거트로 발효 중이고 반은 이곳 사람들이 딥 소스dip sauce로 즐기는 후무스로 만들었다.

이런 시도는 무척 수고스럽고 비효율적이지만 식물성 단백질과의 우정을 다지는 즐거운 시도이기도 하다. 이렇게 또 타향살이로 궁색한 밥상의 그리움을 나름대로 달래며 추운 겨울날을 지낸다.

요리의 기술보다
요리하는 마음

타르트를 굽는 마음은 인생을 관조하는 태도와 비슷하다. 기본 준비가 끝나고 난 식재료를 오븐에 넣은 뒤 짧게는 15분, 길게는 서너 시간의 조리 과정을 우리는 그저 오븐 안에서의 상황에 맡길 도리밖에 없다. 가끔 중간 과정을 체크하고 수분을 유지시키기 위해 물을 뿌리는 정도지만 근본적으로 오븐 속의 요리는 나의 의지를 떠나 완성된다.

책의 제목을 두고 많은 아이디어가 오갔다. 편집자이자 출판사 대표인 안지선 씨가 제목으로 '애플 타르트를 구워 갈까 해'를 제시했을 때 나의 반응은 그다지 호의적이지 않았다. 몇 시간 혼자 고민을 하다 그녀가 한 말이 비로소 생각이 났다.

"제 주변, 삶에 대한 통찰력이 남다른 분께서도 이 제목이 좋다고 하시네요!"

'통찰력'이라는 단어가 내 뇌 기능의 키를 열었다.

타르트를 여러 번 굽다 보면 통제 불가능한 상황에 대한 어느 정도의 '통찰력'이 생긴다. 노하우나 논리적 사고보다 어떤 강렬한 예감이 우리의 삶을 기대치 못한 결과까지 이끌고 가는 경험! 그 경험의 맛에, 타르트를 구울 때 유난히도 설렌다. 현대인의 복잡한 삶 속에서 단순하면서도 날카로운 명제를 던지려면 그야말로 통찰력이 절대적으로 필요한 것이다.

그리하여 이 책이 왜 요리책과 다른 건지, 어떤 이유로 '요리의 기술'보다 '요리하는 마음'이 먼저인지가 단번에 이해되어야 하는 그런 제목이 필요했다.

책을 편집하는 과정에서 그녀는 가끔 내게 메시지를 보낸다. 다른 때는 차분하게 나의 답을 기다리던 그녀가 몇 번씩 전화를 하는 때가 있는데, 그 이유가 재미있다. 원고를 읽던 중 갑자기 장을 봐다가 아이들에게 맛난 것을 해주고 싶은 마음이 생겨 레시피를 물으려 했다는 것이다.

올해 1월의 일이다. 아이들이 나와 함께 방학을 보내고 집으로 돌아가던 파리 북역. 김치와 김치찌개를 유난히도 좋아하는 둘째 루카의 요청으로, 김치를 싸고 또 싸서 아이들 먹거리 짐 속에 넣었다. 북역에 도착해 차 트렁크를 여니 김치 냄새가 진동을 한다. 그 어떤 악취보다도 강렬한 냄새에 막내가 질린 표정이 되고 만다.

"형! 김치를 가지고 기차를 탈 수는 없겠어. 냄새가 너무 심하니 두고 가자."

그 말에 나도 루카에게 묻는다.

"루카, 김치를 두고 가야겠다. 어떡할래?"

두 사람의 설득에 루카는 아무 말도 못하고 얼굴빛이 상기된다. 그렇게 몇 초인지 몇 분인지 모를 시간이 흐른다.

그 순간 나는 세상 그 어느 관계보다 끈끈하게 우리를 묶어주는 감정을 느꼈다. 나의 마음과 아이의 마음이 끊어지지 않고 그렇게 묶여 있었다.

막내에게 내가 타이르듯 말을 했다.

"지안 로! 형을 너무 내몰지 마. 형은 지금 김치를 못 두고 가서 그러는 게 아니라 엄마를 두고 갈 수 없어 그러는 거야!"

이 말에 막내도 눈에 눈물이 글썽하며 아무 반박을 못 한다. 나는 차에 있던 아이의 누빔 재킷으로 얼른 김치를 둘둘 말아서 다시 먹거리 짐에 넣었다. 그렇게 황망하게 '엄마의 김치'는 아이들과 함께 떠나갔다.

그렇게 나의 시린 사랑도 함께 파리를 떠나 하이델베르크에 도착할 것이다. 다 먹는 그날까지 '엄마의 김치'가 아이들의 쓸쓸한 마음을 달래줄 것이다. 이렇게 내가 하고픈 천만 단어의 말은 한 봉지의 김치로, 한 판의 크레이프로, 애플 타르트로 전해진다. 수많은 아픔과 슬픔, 그리움이 그 어떤 말로 완벽히 해결될 수 있을지 나는 다른 답을 찾지 못했다. 그저 애플 타르트를 굽듯이 정말 단순하게 내 맘을 전할 뿐이다.

사랑하는 사람들과 나 자신을 위해 차려낸 테이블의 마술적 힘이 이 글을 읽은 모든 이에게도 기쁨으로 전해지길 바란다.

애플 타르트를
구워 갈까 해

초판 1쇄 발행 2022년 4월 15일
초판 3쇄 발행 2022년 6월 13일

지은이 박지원
펴낸이 안지선

편집 박혜숙
디자인 석윤이
교정 신정진
마케팅 최지연 이유리 김현지 안이슬
제작 투자 타인의취향
제작처 상식문화

펴낸곳 (주)몽스북
출판등록 2018년 10월 22일 제2018-000212호
주소 서울시 강남구 학동로4길15 724
이메일 monsbook33@gmail.com
전화 070-8881-1741
팩스 02-6919-9058

ISBN 979-11-91401-47-9 03810

mons (주)몽스북은 생활 철학, 미식, 환경,
디자인, 리빙 등 일상의 의미와 라이프스타일의
가치를 담은 창작물을 소개합니다.